お試しで喚(よ)ばれた聖女なのに最強竜に気に入られてしまいました。2

かわせ秋

B's-LOG BUNKO
ビーズログ文庫

イラスト／三月リヒト

Contents

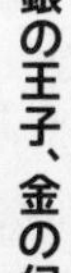
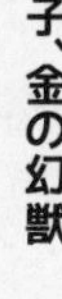

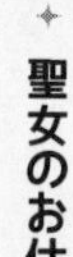

福丸ミコ
日本に住む平凡な女子高生。
ある日、お試しで異世界に
聖女として召喚されることに！
動物や幻獣と会話できるという
特別な能力をもっている。
ジル
太古の森に住む黒竜。
幻獣の中でも最上位種として、
強大な力をもっているため
人々から畏怖されている。
お試しで喚ばれた聖女なのに
最強竜に
気に入られてしまいました。
2
人物紹介

アンセルム・ヴィ・アルビレイト

アルビレイト王国の王太子で、
ミコとジルの良き理解者。

デューイ・フォスレター

王太子付き秘書官。
面倒見がよく、アンセルムに振り回されている。

セレスティノ

マーレ王国の第一王子。
幻獣と会話できるミコに興味を持っている。

バルダッサーレ

セレスティノの叔父。
王立魔法研究所の
理事長をしている。

ヴィナ

最上位種の
幻獣キャスパリーグ。
人形は絶世の美女。

序章　聖女のお仕事

能力という超常的な力や空想の筆頭である幻獣が実在する、神秘の異世界エルカヌム。

緑豊かなリーキタス大陸の北に位置するアルビレイト王国に、『お試し』で聖女召喚されてしまった福丸ミコはこの日、とある地方の山中にいた。

「子育ての場所を変えていただいてありがとうございます、オルトロスさん」

『いいえ、このたびはお世話をおかけしました』

答えたのは双頭の大きな犬のような幻獣、オルトロスだ。足元にはその子どもがいる。

ミコが幻獣と問題なく会話ができているのは、《異類通訳》の能力持ちだからだ。

――動物の言葉が解ればいいのに。

亡き愛犬コタロウの不調を機に芽生えた願望が作用したのか、定かではないけれど。ミコはこの世界で、呪文を唱えなくても常にあらゆる生き物と会話ができる能力を授かった。

そして二カ月前には、王宮で催された盛大な叙任式で異種族との橋渡しを目的とした『王室特任異類通訳』の肩書きを正式に賜ったのだ。

それからミコは太古の森の資源採取での案内役と、通訳の案件を請け負っている。

（人里離れた場所に棲む幻獣の事案は少なくて、動物絡みのものが多かったんだけど）

その中で今回は「魔法薬の生成で珍重される泉に幻獣が棲みついて近寄れなくなり、困っている」という、珍しく幻獣絡みのパターンだった。

『それではこれにて失礼致します。ミコさま――そして黒竜さま』

母オルトロスはミコに深く双頭を下げる。……正確には、ミコの後ろの青年に。

青年――ジルは歳の頃は二十四、五歳くらいで、毛先が首筋に落ちている紫を帯びた黒髪と、瞳孔が縦長の深紫色の瞳を持つ。常に無表情だが、風格に溢れた空前の美丈夫だ。

ただこれは別形態。ジルの正体は太古の森を縄張りにする『守り主』で、幻獣の最上位種にして強大な力を備えた、二百三十八歳の黒竜である。

『……生まれたばかりの子どもだ、しっかりと守ってやれ』

ジルの深い慈愛が滲み出ている台詞に母オルトロスはもう一度双頭を下げて、子どもと一緒に去っていった。

（とりあえず、この件は解決かな）

オルトロスは件の泉の近くで出産していた。ところが泉の効能については知らず、泉を目当てに近づく人間が子どもを狙っていると勘違いして、威嚇していたという話だ。

そこでミコは街の人は泉の水が必要なだけで、害を与えるつもりはないと説明。

ミコの話を聞いたオルトロスは住処を泉とは違う場所に移した、というわけである。

「一件落着してよかったです。ジルさま、来てくれてありがとうございました」

『……ああ』

「本当は一人で解決できたらよかったんですけど……」

ミコが持つ《異類通訳》は仮にも召喚聖女らしく、規格外で唯一無二の能力だ。

しかし残念なことに、戦闘方面ではまるで役に立たない。そのため熊といった戦闘力高めの動物や、幻獣が相手の場合はスペックがチート級のジルが同行してくれているのだ。

『……言っただろう、俺はミコに頼られたいと』

ジルは低くて甘い美声で囁き、ミコの頰に手を伸ばしてきた。

恐くないけれど、異性との触れ合いに免疫のないミコはつい身構えてしまう。

大丈夫だと言うかのように、ジルは繊細な指使いでミコの輪郭をなぞる。その仕草がとても甘いものだから、ミコの頰はみるみるうちに上気していった。

『がんばるのはいいが、ミコはもっと俺に甘えることを覚えるべきだな……』

——今のミコへの対応からは信じられないが、ジルは初め、頑なな人間嫌いだった。

理由は父親代わりだった一角獣のラリーを、心ない人間によって殺されたから。

当然ミコも人間の例に漏れず、しっかり敵視されていた。……お役目とはいえ、ジルを森から追い出そうとしていたので、邪険にされるのは無理からぬことではあるが。

けれど、密猟者に捕まった幻獣たちをミコが助けようとしたことをきっかけに、徐々に心を開いてくれて。

今やジルはミコを大事に溺愛しており、ミコもジルに恋をしている。

「っ、でも、これはわたしの役目なのでやっぱり申し訳なくて！」

『……遠慮なんかしなくていい。むしろ遠慮される方が寂しいんだ』

「うう、ジルさまはそうやって、すぐわたしを甘やかそうとする……」

『俺はミコに惚れているから、仕方ないだろう』

直球の好意と愛しげな視線に太刀打ちなどできない初心なミコは、ただただ顔と耳を真っ赤に染めた。

――一方、南方の隣国。

己以外誰もいない部屋の中。男が見下ろす卓上には、黒と透明の石が並んで嵌め込まれた、大きさが異なる二つの硬質な魔道具が置かれている。

「まさかこんなものが手に入るとは。……これで手駒が揃えば、私の永きにわたる野望が叶う」

男が大型の枷に触れて言霊を唱えると、それは手のひらに収まるほどに小さくなった。

このとき男の顔にはとても美しく――歪んだ微笑が浮かんでいた。

一章　異国への招待は突然に

太古の森に最も近い王国西部の街、ブランスター。

ある日の午後、ミコがお世話になっている下宿先に二人組の美男がやってきた。

「叙任式以来だな、ミコ」

食堂兼居間の椅子に腰かけるなり口火を切った青年の名前は、アンセルム・ヴィ・アルビレイト。ゆったりと束ねた長い赤髪と銀色の瞳が印象的な彼はこの国の王太子だ。

また、アンセルムはミコを召喚した張本人である。尊大なところもあるが、病に倒れた敬愛する父親を救うために力を尽くすなど、根は真面目でまっすぐな青年だ。

「王室特任異類通訳の役目を順調にこなしていると聞いていたが、息災そうで何よりだ」

（よかった、アンセルムさま元気そう）

ちょくちょく訪ねてくれるデューイ——王宮に送られた異類通訳への依頼内容をデューイが確認したのちに、彼から依頼を受ける形式となっているので——から、国王の回復に伴い滞っていた案件が再開してアンセルムは多忙だと聞いていた。

けれど顔に疲労は見受けられず、生き生きとしている。

そのことにほっとして、ミコは笑顔になった。

「アンセルムさまもお元気そうでよかった。忙しいのに、こうして会いに来てくれて嬉しいです」

「う、お、大げさな奴だなっ。……不意打ちでその笑顔はやめてくれ……」

アンセルムは急に言葉を詰まらせたかと思えば、何かごにょごにょと呟いて顔を横に逸らす。耳がちょっと赤い。

「？　どうかしましたか？」

「ミコさま、うちのへたれ王子のことはどうぞお気になさらず」

笑顔で主君をけなしながら会話に参加してきたのは、王太子付き秘書官のデューイ・フォスレターだった。

綺麗な金髪に、涼しげな碧眼の上には銀縁眼鏡をかけている。デューイは名門侯爵家の御曹司でありながらとても面倒見がいい人物だ。

「それより、何かお変わりはありませんでしたか？」

「おかげさまで、日常生活は以前と変わりませんよ」

ミコが異世界から召喚されたという点については、うやむやになったのだけれど。

物珍しい能力によって彼の守り主の覚えがめでたく、上位幻獣マーナガルムを調伏したとして、ミコには『獣使いの聖女』という仰々しい二つ名がつけられたのだ。そのせいで、いっとき王宮はミコの話題でもちきりだった。

しかしそれも今や落ち着き、ミコはこのブランスターの街でのんびり暮らしている。

（まあ、それは王さまの牽制のおかげもあるだろうけど）

――「聖女であるミコ嬢は余の庇護下にある。よって、彼女への分を弁えぬ行いは控えよ」

叙任式のあとに開かれたパーティーの冒頭で、ミコの活躍によって入手できた魔植物のおかげで病が癒えた国王はそう言ってのけたのだ。

端的に訳すと、「興味本位でちょっかいを出したらどうなるかわかるよな？」である。

「それはよかった。――それに」

姿勢を正したアンセルムが短い咳払いをした。

「ジル殿も変わりないようだな」

アンセルムとデューイの視線が、ミコの隣に注がれる。

彼らの向かいの長椅子に座るミコの横には、青年姿のジルが脚を組んで座っていた。

「この美丈夫とあの守り主が同一人物とは……正直まだ頭が混乱する」

「私も同感です」

「――と二人はおっしゃっています」

『王宮でこの姿を目の当たりにしたはずだけどな……』

――二カ月前の叙任式のとき。

ミコの晴れ舞台見たさに、ジルは青年姿で式直前のミコの元に乗り込んできた。

ジルの説明についてはすでに考えてあった、他の大陸出身者という設定を使おうかとも思ったけれど。和睦していることもあり、アンセルムとデューイ、国王と祖父母代わりのハイアット夫妻という信頼できる面々にはその正体が守り主こと、黒竜だと明かしたのだ。

（当のジルさまは別形態について、そもそも隠す気はなかったみたいだけど……）

が、あの場では他言無用でという方向になった。

森を住処にする生き物たちに居心地よく暮らしてもらえるように、興味本位な人間を立ち入らせないためだ。

あと、「密猟者よりも女性が太古の森に殺到するから」という全員納得の理由もある。

『ミコ、おはなしおわった？　もうあそべるの？』

空色のうるうるの瞳で見上げてくるのは、銀色のもふもふ――ソラだ。

ジルの従魔（実質ペット）の上位幻獣マーナガルムで、躰を巨大化させることができる。まだ幼体のため普段の外見はサモエドっぽい、極上の毛並みの大型犬風である。

『……ソラ、ミコはまだ話の途中だ。もう少し待て』

『あるじ、わかったの！』

ジルの言うことを聞き分けるソラは長くて太いふわふわの尻尾を丸めて、ミコの足元で腹ばいになった。

可愛くせがまれたミコはアンセルムに問いかける。

「ところでアンセルムさま、今日お越しになった『相談』というのは？」

「ああ、それなんだが――ミコはマーレ王国を知っているか？」

（マーレ王国……）

お役目のためにブランスターの街に出発するまでの間に、デューイからちらっと聞いたような気がする。

「たしかアルビレイト王国の南にある、音楽や美術が発達した芸術大国でしたか……？」

「そのとおりだ」

アンセルム曰く、マーレ王国とは友好関係にあって交流や交易が盛んだそうだ。

そのため街道がしっかりと整備されていて、アルビレイト王国の王都からマーレ王国の王都までは馬車で十日もあれば着くらしい。

「マーレ王国の東にある摩訶の森には幻獣が生息している。噂では、あのキャスパリーグの縄張りだそうだが」

「と、アンセルムさまはおっしゃっていますが……キャスパリーグって？」

『……キャスパリーグは俺と同格にあたる幻獣だ。姿は大きな猫形をしている』

（ジルさまと同格ってことは、最上位種ってことだよね）

そして大きな猫形……想像してみたものの、一度は乗ってみたい、不朽の某名作アニメに登場する躰がバスになっている猫しか浮かんでこなかった。

「そのマーレ王国では王太子となる者は成人の折に、国王から指名を受ける王太子継承披露式典が慣例となっている」

アンセルムは紅茶を一口含んで続けた。

「暫定王太子の第一王子とは昔から親交があり、私は個人的に招かれたが予定が立て込んでいてな。主席秘書官で王子と面識のあるデューイを名代で出席させるのだが……実はミコにも招待状が届いている」

「こちらです」

デューイはそう言って、一通の封筒を取り出した。

宛名には『王室特任異類通訳』と、たしかに書かれている。

「どうして、王子さまはわたしにも招待状を？」

「ただ単に、噂の聖女に会って話をしてみたいんだろう」

「あのお方は品行方正ながら、好奇心もお強いですからね」

親交があるという王子を思い浮かべているのか、アンセルムとデューイはうなずき合う。

片やミコは戸惑った。

「……これっていわゆる外交ですよね？　となるとさすがに不安が……」

「あくまで名代は私ですし、今回は交渉事ではありませんので心配いりませんよ。ミコさまは叙任式にあたって作法を覚えてくださいましたので、何も問題ないかと」

……そういえばそうだった。

叙任式が始まる前に、ミコは王宮で礼儀作法の特訓を受けたのだ。

(仕込んでくれたおかげで、恥をかかずにすんだんだけど)

思い出すと、どうにも胃のあたりがキリキリしてしまう。

淑女教育のプロだという品のいいマダムの授業は、だいぶスパルタだったのだ。

(でも、他の国に興味がないわけじゃないし)

小難しい交渉ではない上、デューイも一緒なら心強い。ミコは早々と結論を出した。

「ではせっかくなので、招待をお受けします」

「わかった。王子には参加すると回答しておこう」

「マーレ王国は見どころが多いですし、長めの滞在を申し入れておきましょうか」

「そうだな。あとは――」

二人が相談し始めたので、ミコは口を噤むジルに話しかけた。

「ジルさまはここから南にある、マーレ王国に行ったことはありますか？」

『……摩訶の森だけなら、昔何度かな』

（ジルさまはキャスパリーグって幻獣と知り合いなのかな？）

今回の目的は式典のため、たぶん会う機会はないけれど。

猫形であるならきっと毛並みは、それはもう素晴らしいに違いない。

（いつか会ってみたいな）

「そのキャスパリーグがいるマーレ王国の式典に、参加することになりました」

『……なら俺も同行する』

「え？　ジルさまもマーレ王国に行きたいんですか？」

「何っ⁉」

話が耳に入ったらしいアンセルムが、身を乗り出して横やりを入れてきた。

「いくらなんでも、ジル殿が我が国の一行としてマーレ王国を訪問することは到底認められん！　正体が太古の森に棲む彼の黒竜だと知られてみろ、マーレ王国は大パニックだ！」

「――とのことですが」

『魔力を抑えてこの姿でいればいいだろう』

アンセルムのもっともな言い分を、ジルはしれっといなす。

間髪を入れずにアンセルムが声を張り上げて反駁した。

「それにジル殿は太古の森の主だろう！　森の守護はどうするのだ！」

『俺が不在の間は他の同胞たちに頼む。……大切なミコを誰かに委ねて、目の届かない土地に行かせられるか』

「……不在の間は他の幻獣たちに頼むそうです……あと、非力なわたしが心配だと」

ミコは朱色が散る頰を隠すためにうつむきながら、ジルの発言を改ざんして伝える。

――ジルはクールな性格だが、ミコにはどうにも過保護だ。

大切に想ってくれているのは嬉しい。とても嬉しいのだけれど、それを自分の口から他者に伝えられるほどの度胸と勇気は、恋愛初心者のミコにはまだ備わっていない。

「こう見えてもデューイはかつて、あのハイアット卿夫人から武術の手ほどきを受けた武闘派だ！　それに外交には侍女や護衛たちが多数同行する、心配には及ばん！」

（えっ、デューイさんが⁉）

まさかの事実だ。驚きの表情を浮かべるミコに、デューイは「実はそうなんです」と口パクで肯定した。人って見かけによらない。

「アンセルムさまはこうおっしゃっています、ジルさま」

『食い下がる奴だな。……なら、これを例のアレにするか』

ジルの台詞をそのまま通訳したところで、ミコは「例のアレ？」と首を傾げる。

アンセルムもミコと同様の反応だ。

「……どういうことだ？」

『俺の同行を黙認することを「礼」として要求する』

目的の魔植物を入手できたアンセルムからお礼がしたいと、ミコとジルは言われていた。

ミコは王室特任異類通訳の肩書きをもらい、ジルは保留になっていたのだけれど——

(それがまさかこうなるなんて！)

「いや、たしかに何か礼をとは言ったが……」

言い淀むアンセルムの台詞をミコが取り次ぐと、意識的にかそうでないのかは判断できないが、ジルの凄みが倍増した。

『……自分が申し出たことだろう。まさか反故にするとでも？』

『反故にしたらただじゃおかない』という言葉が、端正な顔に張りついているのが見える。

「————はあ。反対しても考えは変わらないのだろうな」

ミコの通訳を聞いたアンセルムは重いため息をついて、額を押さえた。

「わかった、ジル殿の同行を認めよう。ただし人前で絶対に正体を露見しないこと、問題を起こさないことが条件だ！」

アンセルムの反応から折れたと察したのだろう。ジルは口の片端をわずかに上げる。

こうして、意見の応酬を制したジルのマーレ王国への同行が決まったのだった。

顔全面に疲れの色を浮かべるアンセルムと、涼しく微笑むデューイが帰ったあと。

『あるじとミコ、おでかけするの？　ボクもいきたいの！』

と、ソラがおねだりしてきた。

どうやらミコの通訳を聞いて、大雑把に内容を理解したらしい。

（ソラくんも一緒に……）

ミコとしてはもちろん嬉しいが、天衣無縫で元気いっぱいのソラをアルビレイト王国内はまだしも、他国の訪問に連れて行くとなるとさすがに大変かもしれない。

見た目は癒し系のもふもふでも、ソラはれっきとした上位幻獣なのだ。

（『獣使いの聖女』がソラくんを調伏したって噂は広がっているみたいだし……）

ミコが逡巡していると、横から助け船が出された。

『……ソラ。俺がいない間、太古の森をお前に頼もうと思うんだが』

ジルの言にソラがきょとんとする。

『留守を頼めるか……？』

『あるじがボクにおねがいなの!?』

『そうだ、お前に頼みたい』

『！　うん、わかったの！』

任せて、といわんばかりに瞳をきらきらさせるソラをジルが『偉いな』と撫でると、褒められたソラはちぎれる勢いで尻尾を振った。ソラはご主人が大好きなのだ。

『ボク、おるすばんがんばるのー！』

窓から飛び出て庭を駆け回るご機嫌なソラを見ながら、ミコは隣のジルを見上げる。

「ジルさま、ソラくんを置いていっていいんですか？」

『太古の森には他の同胞たちもいるし大丈夫だ。……最近はソラにミコを奪られていたからな、少しくらい俺がひとり占めしてもいいだろう』

「！」

無表情のまま独占欲をちらつかせるジルに、ミコの胸と頰は一気に熱を帯びる。

ジルはこうやってなんの気なしに愛情を伝えてくるから、質が悪い。

（そんなところも好きだけど……）

胸の中でこっそり惚気をこぼしつつ、赤くなった頰に両手を添えてジルを盗み見ると、目が合った。

無表情ではあるがまなざしはやわらかく、ミコは自然と顔を綻ばせる。

（そういえば、アルビレイト王国の外に出るのは初めてかも……）

──他国への訪問に不安がないわけじゃない。

しかしその不安よりも、ジルと一緒に楽しい時間を過ごせる楽しみの方が大きい。

異世界での初めての旅行に、ミコの心は浮き立った。

二章　銀の王子、金の幻獣

照り輝く太陽に映える色とりどりの花や樹木に彩られたマーレ王国には、至るところに国を代表する特産物の油と酒の原料となる果樹が植えられている。

大陸の南にあたるこの国は、アルビレイト王国よりも陽射しが強い。けれど湿気は少ないのでうだるほどの強烈な暑さは感じず、入城したマーレ王国の絢爛たる王城には涼を得るための木陰や噴水が多く配されていたから、思いのほか快適だった。

「――以上が滞在中のおおまかな予定となります。六日後の式典までは午後以降にいくつかの接待がありますが、無理はしませんよう」

王城に用意されたミコの客室。デューイはミコを慮る言葉で予定の確認を締めた。

「わかりました、ありがとうございます」

「それでは続いて復習です。式典の主役となるお方の名前は？」

「第一王子のセレスティノ殿下です。現女王陛下の嫡男で、王位継承第一位の暫定王太子……ですよね？」

「おっしゃるとおりです」

頭に記憶した情報に誤りがないことに、ミコはほっとする。

「セレスティノ殿下と女王陛下を除き、今回の滞在中にお会いする機会が最も多い王族はおそらく、王弟である王位継承第二位のリオーネ公爵バルダッサーレさまです」

「デューイさん、公爵はどんな方なんですか？」

「リオーネ公爵は風魔法の使い手であり、王立魔法研究所の理事長を務めておいでです」

「王立魔法研究所？」

「簡単に申し上げれば能力の研究や、魔石を用いた魔道具の開発を目的とした機関です。大陸内のどの国にも似通った機関はございますよ」

「……そうなんですね」

魔植物を使った魔法薬があるのだ、魔石の力を利用した道具がないはずはなかった。

とはいえ、ミコは摩訶不思議にもはや驚かない。

(元の世界では空想でしかなかったあれこれが、身の回りに溢れているもんね……)

喚ばれてからの、ファンタジーとともにあった濃ゆい日々をミコが思い返していたとき、デューイの部下が入室してきた。

「失礼致します。フォスレター秘書官、少し確認していただきたいのですが」

「わかりました。それではミコさま、私はいったん失礼しますので、拝謁まではゆっくりしていてください」

客室からデューイが出て行くなり、ミコは縋るようにしてソファにもたれかかった。

(大丈夫かな……)

『……もう入ってもいいか、ミコ?』

「あっ、はい! どうぞっ」

うわずった声で返事をした直後、扉を開けたのは青年姿のジルだった。

ジルは今回、ミコの専属護衛役で同行しているため、着替えの間は他の護衛たちと同じように扉の外で待ってもらっていたのだ。

一応、言葉が通じないことを不審がられないよう、他の大陸出身の設定を使っている。

『……その白い服、ミコによく似合っているな』

「あ、ありがとうございます」

このときミコは白い手袋、長い裳裾の格式高い白のロングドレスに身を包んでいた。

普段は背中に流している淡い栗色の髪は顔周りの一部を垂らして結い上げられ、羽根とパールの上品な髪飾りをあしらっている。

ちなみに公にふさわしい、高価で美しい素材で仕立てられた衣装や装飾品は「賓客は着飾るのも仕事のうちだ」と主張する国王とアンセルムから下賜されたものである。

(こんな格好は慣れないけど、……ジルさまに褒められるのは嬉しいな)

照れつつもミコは喜びを噛みしめる。えらい情熱をほとばしらせて支度をしてくれた侍女の皆さんに感謝だ。

『しかし、人間の着替えというのはこんなに時間がかかるのか……』

「いつもは違いますよ。といっても、ジルさまのように一瞬でとはいきませんが」

『なかなかに不便なんだな』

「ジルさまが便利すぎる能力を持っているだけだと思います……」

なんでも、ジルが着ている衣装は魔力による代物らしいのだ。質感がちゃんとあって着脱できるだけでもすごいというのに、意匠もイメージで変幻自在とか。

そのためジルがいつも肩に羽織っている装飾が豪華な上着も、ミコの専属護衛という設定上、シンプルな仕様に変更してもらっていた。実に仕立て屋泣かせの能力である。

(ジルさまはアンセルムさまが着ているみたいな、煌びやかな服も似合いそう)

——などと、楽しい妄想で現実逃避しているミコをジルが現実に引き戻す。

『ところでミコ、一つ聞いてもいいか……?』

「……内容は予想できますがどうぞ……」

『なぜ椅子のそんな端で小さくなっている?』

「恐怖をやりすごすためです。これから女王陛下と王子殿下への拝謁ですから……」

声にだんだん勢いがなくなるミコはソファの限りなく隅っこで、ただでさえ小さな身体をより縮めた状態で座っている。ドレスがシワにならないよう、細心の注意を払って。

（社交に不慣れなわたしのために、拝謁では人払いがされるみたいだけど）

（拝謁に臨むのは名代のデューイさんとわたしだけだから、ジルさまは傍にいないし）

会うのは他国の王族。否が応でも強くなる緊張からミコが顔を伏せていると、ふいにソファが沈む。すぐ隣にジルが腰かけたのだ。

『ミコは何がそんなに恐いんだ……？』

「拝謁で失敗してわたしが嗤われるだけならまだしも、アルビレイト王国の責任になったらと思うと……」

『ミコを嗤う？　そんな愚かな奴がいたら俺が捻りつぶ──黙らせてやる』

本気トーンで不穏なことを口走りかけなかった⁉

『だからミコは何も心配しなくていい』

「……心強すぎるその気持ちだけいただきますね」

方向性が違うリスクが急浮上してきたミコは、ぴしっと背筋を伸ばした。

──大丈夫、余裕！

ミコは明るい笑顔を作り、母直伝の元気とやる気が湧いてくるおまじないを反芻する。

（ジルさまを名実伴うラスボスにさせないためにも、しっかりしないとね！）

「ありがとうございますジルさま。緊張はしますけど、腹をくくれました」

『……やっと笑ったな』

囁いたジルはミコの垂らしていた髪をひと房指先で掬って、

『ミコは笑っている顔が一番似合うし、可愛い』

恥ずかしげもなく言ってのけた。

空前の美貌と大人の色気。さらには耳をとろかすような甘い台詞という総攻撃にミコの心拍は三倍速で刻まれ、反射的に逃げそうになった。

だがソファの隅っこかつ、すぐ隣にはジルがいるためのけぞるのが精一杯だ。

「い、いくらなんでもお世辞がすぎます！」

『本心だ。俺はミコが一番可愛い』

顔は無表情のまま惚気をかましたジルは、長い指に絡めたミコの髪を優しく弄ぶ。

（つ、髪に、神経は通っていないはずなのに……）

触れられる箇所が、まるで熱を持ったかのように錯覚した。頬にどんどん血が集まって、火照っていくのが自分でもわかる。

あれだけ緊張していたはずなのに、今は羞恥が逆転してしまった。

「ジルさま、あの、これではさっきよりも落ち着きませんから、放して……」

『そうか……ならミコが俺に抱きつくか？』

「!? け、結構です！」

わずかに腕を広げたジルのよりハードルが高い提唱に、ミコは即座に全力で遠慮した。

緊張感は消え、ミコとジルがじゃれ合うだけの桃色一色となった空間に、突然コンコンというノック音が響く。

「ミコさま、そろそろ時間です。参りましょう」

続いて届いたのはデューイの声だ。

いよいよだと、ミコは目を閉じて深呼吸する。

「よし、がんばろう！」

『……大概のことはどうにかしてやれるから、気負わずにいけ』

その〝大概〟が誇張ではない最強竜だけに、台詞の重みがしゃれにならない。

もはや慣れつつある——それもどうなんだろう——ジルの過保護ぶりにミコは力なく笑いながら、差し出された大きくて硬い手をしっかりと摑んだ。

謁見の間近くの控室でジルと別れたミコは、デューイと一緒に謁見の間に向かう。

開かれた扉の先——広間の大理石の柱と床、そして天井に施された装飾の細密さは圧巻だった。光を取り込む左右の窓には、虹色で彩られた幻想的な図像が描かれている。

緊張など感じさせないデューイとともに、ミコは高壇の玉座に座す女王の眼下に立つ。

「ようこそマーレ王国へ」

（——このお方が、女王陛下）

　三十過ぎだと聞いていたが、艶めく銀髪と高貴なおもてを誇る女王は美しさゆえか、外見は年齢より若い。けれども凛とした雰囲気があり、頼りなさだとかは無縁の印象だ。

　そして玉座の右手にいるのは女王と同じ銀髪と琥珀色の瞳を持つ、十五歳の第一王子。

　王子は女王の美形遺伝子をしっかりと受け継ぐ、大層な美少年だ。

（口から、心臓が飛び出しそう……！）

　入室した途端に身が縮むほどの静謐な空気に包まれて、ミコの緊張が再燃した。

　少しでも気をゆるめると、膝からくずおれそうだ。顔が熱くて背中は汗でびっしょり。

　ギリギリ堪えているが、手も足も小刻みに震えている。

　人払いによって、重鎮たちの視線がないのがせめてもの救いだった。

「王太子付き主席秘書官デューイ・フォスレターでございます。このたびは我が主君、アンセルム王太子殿下の名代として罷り越しました」

　王族を前にしてもなんら気後れせず、デューイは洗練された所作で片膝をついた。

　さすがは主席秘書官として、アンセルムの外遊にも付き添っているだけある。

「女王陛下、並びにセレスティノ殿下のご尊顔を拝せますこと、恐悦至極に存じます」

「久しぶりですね、フォスレター秘書官殿。アンセルム殿下はお元気かしら？」

「はい、女王陛下。親交あるセレスティノ殿下の記念すべき式典に出席できないことを、非常に残念がっておりました。アンセルム王太子殿下より預かってまいりました祝意の書箇とお祝いの品々を別室に用意しておりますので、のちほどお納めください」

「お心遣いに感謝します。……大好きな殿下が来られず残念ね、セレスティノ」

「とても残念ではありますが、今回は素敵な方がお越しくださいましたから」

王子は琥珀色の瞳にミコを映す。

首の後ろで結んだ肩先ぐらいまでの銀髪が、窓からの採光に照らされてきらきらと輝いている。優しげな笑顔と相まって、なんだか神々しかった。

「第一王子セレスティノです。ようこそおいでくださいました」

「女王陛下と王子殿下には、お初にお目にかかります。王室特任異類通訳を拝命しております、ミコ・フクマルと申します」

ミコはスパルタ特訓で習得した、平伏するような深いお辞儀をする。

上体が揺れないよう意識しているドレスの下では腰もそうだが、太ももと膝の筋肉に相当な負担を強いている。地味にきつい。

淑やかさは筋力と忍耐があって成り立つものなのだと、ミコは身をもって学んだ。

「こうして拝謁の、光栄を賜りましたこと、心より感謝を申し上げます」

慣れない言い回しの連続で少しつっかえたが、挨拶を最後まで言いきった。よしっ！

「突然の招待にもかかわらず、出席いただきありがとうございます。フクマル殿にお会いできて、とても嬉しいですよ」

「こ、光栄です、セレスティノ殿下」

声が震える。鳥肌が立って仕方がなかった。

でも、ここで失態なんて許されない。ジルからのちょっと（？）物騒な応援と、全身からかき集めた気力でミコはどうにか足を踏ん張る。

そんなミコの緊張をほぐすかのように、女王は表情を幾分かやわらげた。

「こちらがお招きしたのだから、そう硬くならないでちょうだい」

「滞在中に困ったことや要望があれば、いつでも私に相談してくださいね。――それと、実はフクマル殿にお願いがありまして」

セレスティノ直々のお願い。一瞬で全身に緊張が駆け巡ったミコは身体を強張らせる。

「わ、……わたしでよろしければなんなりとおっしゃってください」

「フクマル殿に通訳を頼みたいのです。のちほどお時間をいただけますか？」

「か、かしこまりました」

「ありがとうございます。では迎えの者を行かせますね」

王子のお願いは想定外だったが、それでもどうにか拝謁の終わりまでこぎつけた。

予想よりも大幅に歓迎してくれている親子の様子に、ミコはこっそりと胸を撫で下ろす。

（でも、気を抜かないようにしないと）

ミコは己を戒める。最後の最後で裾を踏んで転びでもしたらすべてが台無しだ。

「お二人の訪問を歓迎します。ぜひ我が国の滞在をお楽しみになって」

「感謝に堪えない次第です、女王陛下」

お礼を口にするデューイに倣ってミコも一礼し、女王らに背中を向けないようにゆっくりと退室する。

「――ミコさま、お疲れさまでした」

謁見の間から少し離れたところで、デューイがミコを労ってくれる。

極度の緊張を強いられる拝謁を終えたばかりだというのに、顔色一つ変えずそんな余裕まで残っているデューイをミコは尊敬した。

(アンセルムさまに振り回される中で身についたのかな)

次期国王たるアンセルムになかなか失礼なことを、ミコはいたく真面目に考える。

「デューイさんはすごいですね。女王陛下たちの前でも堂々としていて……」

「恐れ入ります。ですが、ミコさまの振る舞いもご立派でしたよ」

「ありがとうございます」

(甘めの採点だと思うけど……)

ひとまずデューイから合格をもらえたことで、ミコは無事に謁見を乗り越えられたと実感することができた。

客室に戻って着替えたあと。

ジルとお茶を飲んでひと息ついていたところに、セレスティノの侍従が迎えに来た。

侍従に案内されたのは王城の広大な敷地内にある、大きな三角屋根のレンガ造りの建物だ。そこは厩舎のようで、囲われた白い柵の内側には青々とした草地が広がっている。

「フクマル殿、こちらです」

先に建物の前で待っていたセレスティノが、向かってくるミコと護衛役として同行したジルを見てゆるやかに微笑んだ。王子の後方には何人もの護衛が控えている。

『……誰だ、あの銀髪は？』

「セレスティノ殿下です。この国の王子さまで、式典の主役となる方ですよ」

訝しげに低音で訊いてきたジルに、ミコは小声で教える。

「フクマル殿、ご足労いただきありがとうございます」

「とんでもないです！　さっそくですがセレスティノ殿下、わたしに通訳をお願いしたいというのは？」

「こちらにいるのですが……」

セレスティノの先導でミコとジルは厩舎内に入る。広々としていて清潔な建物の中には、いくつかの馬房があった。

そのうちの一つ、小麦色の肌の男性馬丁のいる馬房の前でセレスティノは足を止める。

中にいたのは、四肢が美しい白毛の馬だ。

立派な体格をしているが、敷きつめられた藁の上で眠るように寝転がっていた。

「この子は私の愛馬です」

セレスティノの話によると、四日前にこの白馬で遠乗りに出かけたらしい。

だがその帰り道に、白馬は脚を負傷してしまったのだとか。

「帰城後、魔法薬を処方して傷はすぐに塞がったのですが……一昨日くらいから急に元気がなくなり、食欲不振になってしまって。馬丁が診ても患部に異常はなく、不調の原因がわからないのです」

「それは心配ですね。少し話を訊いてみます」

ミコは振り返り、ジルに耳打ちする。

「ジルさま、ちょっと馬に話を訊いてみるので、ここで待っていてもらえますか？」

『ミコ一人だと危ないだろう』

「馬は横になっていますし、柵もあるので大丈夫ですよ」

『……わかった』

ジルの了承を得てからミコは威圧感を与えないよう柵まで静かに歩み寄り、伏した馬に声をかける。

「馬さん、大丈夫ですか？」

『……あなたは……』

「主であるセレスティノ殿下があなたの体調を心配しています。早く元気になってもらいたいので、どこか痛いところとか、違和感があるなら教えてもらえませんか?」

『……まさかあなたは、私の言葉が解るので……?』

ミコがうなずいて言外に肯定すると、白馬は気だるげに言った。

『躰が熱くて……動くのも億劫に感じるほどだるいのです』

「セレスティノ殿下、どうやら馬さんは躰が熱くてだるいようです」

ミコの話を聞いたセレスティノは心当たりがあったのか、「そういえば」と声を上げた。

「遠乗りの最中に、通り雨に打たれました」

「もしかしたらその雨で躰を冷やして、風邪を引いたのかもしれません」

「なるほど。では解熱の魔法薬を用意させます」

セレスティノが目配せすると、馬丁は「ただちに」と返事をして小走りで王城に向かう。

しばらくして、馬丁は小さな薬瓶を手に戻ってきた。

馬丁がそれを馬の口に注ぎ入れてからほどなくすると、横たわっていた馬は弾かれたように立ち上がったのだ。

『嘘のようだ、躰が軽い!』

白馬は顎を持ち上げて尻尾を振っている。倦怠感から解放されたのがよほど嬉しかったようだ。

「ネーヴェ！　元気になってよかった」

セレスティノは安堵したように息をもらして、白馬の首に手を当てた。話しかける声と表情、どちらもすごく優しい。白馬も目を細めてセレスティノに顔を寄せている。

（本当に大事にしているんだな）

「ネーヴェさん、セレスティノ殿下が元気になってよかったと」

『心配をかけました、そしてありがとうございますと主に伝えてもらえますか？』

気を利かせて通訳すると、白馬は礼をするようにミコに首を垂れる。

「もちろん！　セレスティノ殿下、ネーヴェさんが心配をかけました、そしてありがとうございます、とおっしゃっています」

「ネーヴェが……！　フクマル殿、色々とありがとうございます」

「そんな、わたしこそお役に立ててよかったで……わっ！」

ミコの台詞が途中で切れる。白馬がミコの胸元に顔を寄せてきたからだ。

『お嬢さん、ありがとうございました』

「どう致しまして。元気になってよかったね」

鼻の上あたりを軽く撫でてあげると、白馬はさらにミコにすり寄ってくる。大きな動物の甘えるような仕草が可愛い。

「初対面でネーヴェがこんなに懐くなんて……その能力以上に、あたたかく語りかけるフクマル殿が優しく素直だからでしょうね」

「⁉　そんなことありません！」

王子であるセレスティノから手放しの褒め言葉を送られたミコは、後退する勢いで腰を引く。それを見て、セレスティノはふわりと笑った。

ミコが童顔なこともあり、同じくらいの年頃に見える若い二人を包む和やかな雰囲気に、護衛たちはつい気をゆるめる。

『………セレスティノ、か』

ジルはことさら低く呟く――彼の眉間に険しいシワが寄っていたことに、この場の誰も気づくことはなかった。

馬車での長距離移動と謁見の気疲れから早々と眠ってしまったミコは、翌日は空が白み始める頃に目を覚ました。

起きたばかりで意識も視界もぼやけた状態のミコは、ベッドの中でもぞりと身じろぐ。

（……気持ちよくて出られない）

頭を包み込む枕とさらりとした肌触りの上掛けは一級品で、寝心地はまさに極上。

それに、背中を支えている硬い感触のぬくもりがこれまた眠気を誘う。――背中？

『……おはよう、もう起きたのか』

「っっっっ⁉」

寝起きに困惑の嵐にぶち当たったミコは声なき悲鳴を上げて、一瞬意識を飛ばした。

……ジルが右腕をこちらの背中に回し、左肘をついてミコを眺めていたのだから無理もない。

我に返ったミコが飛び起きて後ずさった拍子に、上掛けがベッドからずり落ちる。

『まだ早いぞ。もう少し寝ていたらどうだ……？』

「こ、この状態で寝られるわけがな――」

いです、と口にする前に、ミコは勢いよく後ろを向いた。

ベッドの上に身を起こすジルはシャツにズボンというくだけた格好をしている。これはこれで素敵なのだが――シャツのボタンが全開というのは大問題だ。

「ボ、ボボボタンをちゃんと留めてくださいっ‼」

『ん？　ああ、わかった……』

声がひっくり返って動揺が最高潮に達するミコに対して、ジルに焦りは全然なかった。

肌を晒している彼の方が平然としているのがなんだか釈然としない。

（わたしは何も見ていない、何も見ていないから！）

心の中で呪文よろしく繰り返して、ミコは己に暗示をかける。

だが目についてしまった、普段目にすることのない自分より濃い色の肌や、首筋から肩にかけてのしっかりしたライン。石膏像のように割れた腹筋の記憶はなくならない。

強すぎる刺激にあてられながらもミコが気絶せずにすんでいるのは、ひとえに色気じみた雰囲気が欠片もないおかげである。

（顔がすごく熱い。絶対真っ赤になってるよお！）

『……ミコ、もういいぞ』

すーはーと深呼吸で激しく脈打つ心臓を宥めながら、ミコはそろそろと振り返る。

ミコの要望を聞いて、ジルはシャツのボタンをちゃんと留めてくれていた。

先ほどの衝撃が尾を引いているのか、襟元から覗く鎖骨が妙に色っぽく見えてしまう。

（邪念はあっちに行って――っ！）

「………ジルさま、〝また〟ですか」

気もそぞろになりつつ、ミコはジルをジト目で見やる。

「ベッドに黙ってもぐり込まないでくださいって、お願いしましたよね？」

『……事前に確認を取っても、ミコは断るだろう？』

「『どうぞ』なんて言えるわけがないじゃないですか！」

ミコは悲鳴にも似た声で訴えた。

実は、屋外で休むことが常のジルは道中の宿で、初めて体験した寝具のふかふか具合に驚き、同時に気に入りもしたらしい。

それだけならよかったね、で終わる微笑ましい話なのだが——困ったことに、ジルはベッドで眠るミコの隣で休息するという、ミコの心臓によろしくない真似を覚えてしまった。

(別にその、嫌ってわけじゃないけど!)

目覚めてすぐに大好きなひとの顔が見られるのだ、嬉しくないわけがない。

だがその嬉しさよりも、恥じらいの方が断然大きいのだ。それにもしも同じベッドで一緒にいるところを誰かに見られたら、ミコは羞恥で部屋から出られない事態に陥る。

「とにかく、こういうことはもうやめてくださいね」

『……わかった。ミコが家に帰るまでは自重しておく』

「帰ってからもだめですよ!」

いけしゃあしゃあと添い寝継続の意思を示すジルに、ミコは精一杯眉を吊り上げる。

しかし迫力がちっともないためか、ジルには『……怒った顔も可愛い』と、頬をつつかれただけで終わってしまった。

——それからしばしのち。

午前中は観光をするというミコと一緒に、ジルは城下街に下りた。

「うわあ、さすが住民から観光客まで押し寄せるっていう王都の目抜き通り！　見渡す限りお店だらけ！」

丸い大きな瞳を煌めかせるミコはしきりに首を動かしている。

黙って添い寝したのがバレたときは怒っていたが、異国の見慣れない景色を目にした高揚によって機嫌はすっかり直ったようだ。

「どこもかしこもすごい賑わいですね！」

楽しそうな表情でそわそわするミコの小さな手を、ジルは自らの手に繋ぐ。

ミコは驚いたように、淡い栗色の目をどんぐりのようにまん丸くした。

「ジ、ジルさま？　どうしました？」

『……はしゃいでいる可愛いミコが誰かに攫われないように、手を握っておかないとな』

ジルが何気なく口を利くと、たちまちミコは赤面して何やらまごまごする。反応からして照れているようだった。どうしてミコはこう可愛いんだ？

「……ジルさまがたまに素で凶悪すぎるから困る……」

『何か言ったか……？』

「なんでもないです！」と、ミコは首をぶんぶん振って視線を前方へ投げる。

「見てくださいジルさま、見たことないものがたくさんありますよ！」

『なんというか、目に入ってくるものの色が濃いな……』

「暑い土地柄のせいかもしれませんね。ジルさま、暑さは大丈夫ですか？」

（当然のように俺を案じるな、ミコは……）

灼熱だろうと極寒だろうと、ジルはなんら問題なく生きていける。

強大ゆえに誰かに配慮しこそすれ配慮されるといった経験がないジルにとって、ミコのまっすぐな思いやりは新鮮で癒されるものだった。

『俺は体温調節ができるから大丈夫だ。ミコこそ平気か……？』

「……暑さよりも、あの人混みの方が問題かもしれません」

神を祀るという白亜の大神殿が聳え、レンガ色の建物が入り組んでいるこの街はミコが言うように、どこを見ても人間がひっきりなしに行きかっている。

視線の先にある色鮮やかな食物やら宝石を使った品やらを売っている広い通りには、至るところに人間の長い列ができていた。

『……祭りも賑やかだったが、あれが可愛く思えてくる』

「一国の王都はやっぱり活気が違いますよね」

繋いでいたミコの手がジルの手を握り直してくる。

「ここではぐれたら、自力で捜し出すのは無理な気がします」

『ミコは一度、迷子になっているからな』

「……その節は大変お世話になりました……」

（あのときは本当にあっという間だった……）

一緒に見物に行った祭りで、ミコが人波に流された際の光景がジルの脳内に甦る。

小柄なミコが光の速さで視界から消えて、一瞬呆然としてしまったものだ。

「そして情けないのですが、いくら手を繋いでいても、この人波に対抗しきれる自信がありません。せめて身長が人並みにあればよかったんですけど……」

『……小柄だからな、ミコは』

「もしまたわたしがはぐれたときのために、落ち合う場所を決めておきましょうか？」

『はぐれても俺が必ず見つけてやる。……ミコの声は俺によく届くからな』

ミコの小さな手に、ジルは少しだけ力を込めた。

──祭りではぐれたあのとき、ジルを呼ぶミコの声がこの耳に届いた気がした。

（確証なんてない）

ただの気のせいだと言ってしまえばそれまでだ。

けれど、たとえ気のせいであったとしてもミコが助けを求めたとき、一番初めに助けるのは自分でありたいとジルは思っている。

「はぐれないように気をつけます。……でも」

一度言葉を切ったミコは、ジルの手を引っ張った。

どうしたのかとまなざしを向ければ、ミコも視線を上向けてくる。

「ありがとうございます、ジルさま」

ミコは照れながら屈託なく笑う。

あまりに無防備なその表情からは、ミコがジルに信頼を預けているのが伝わる。

ジルが触れるときにミコは顔を赤らめて身を硬くする素振りは見せても、怯えはしない。

照れ屋だが、素直な彼女はまっすぐにジルへの気持ちを見せてくれるのだ。

（……それが俺をたまらない気持ちにさせるんだが）

「そうだ、せっかくだからタディアスさんたちへのお土産候補も探してみよう！」

何がいいかな～と悩み始めたミコの意識は、お土産とやらを探すことに移ってしまう。

ジルのあからさまな恋慕にもてんで気づいていなかった鈍いミコが、ジルの心情を読み解くのは難しい気がする。……そんな無邪気なところも可愛いが。

「ジルさま、そこのお店を見てもいいですか？」

『ああ』

「この瓶に入っているのは料理に使う油です。マーレ王国は油とお酒が特産らしくて」

立ち寄る先々で、ミコは人間社会にさほど詳しくないジルのために解説をしてくれる。

――かつてより人間への嫌悪がやわらいだとはいえ。

誰彼かまわず好意的に感じられるほど、ジルも単純ではない。

(どこもかしこも人が溢れ返っている空間には、正直うんざりする……)

ゆえにこの状況においては、ミコの澄んだ明るい声と自然な笑顔がジルの救いだ。

……と思っているなどと、ミコは考えもしないのだろう。

「タディアスさんもモニカさんもお酒を飲むし、お酒がいいかな？　……お酒って買ったことないから、なんだか緊張しちゃうな」

台詞が後半に至るにつれて、声と顔が妙に緊張したものに変わっていくミコ。

『ミコ？』

「あ、なんでもありません。ソラくんには日持ちするお菓子かな。──そういえば」

『どうした……？』

「ソラくんでふと思い出したんですが、ジルさまはこの国にいるっていうキャスパリーグに会ったことがあるんですか？」

ミコの質問に、ジルは微妙にぎこちなくうなずいた。

『……一応、古い知り合いだ』

「なるほど。ジルさまの知り合いなら、いつかお会いしたいです」

ミコの前向きな姿勢は好ましいのだが、ジルの心境は複雑だ。

(俺と違ってあのふたりは人間に友好的だから、会ったとしてもミコに悪態をつくことはないだろうが)

あのふたり――特にジルよりも若干年上の方は、ミコに知られたくない過去のジルを知っている。

良い奴ではあるものの、ジル的には厄介な存在だった。

（あいつはお喋りだからな。できればミコに会わせたくない……）

そう考えるジルの脳裏には記憶に残る、光を散らすようにして輝く金色の姿が呼び起こされた。

刹那。

『――ジル？』

後ろから呼び止めたのは、ちょうど思い描いていた懐かしい声だった。

『……ヴィナか……？』

ジルがそう呼びかけたのは、波打つ金髪と金眼を持つ、絶世の美女だった。

金髪美女――ヴィナの外見年齢は二十歳前後くらい。軽くてやわらかそうなワンピースの上からでも、肢体の完璧な凹凸ぶりがわかる。

（だけどジルさまと知り合いみたいだから、この美女さんは幻獣なの？）

そんな推測をしていたミコは次の瞬間、驚倒するほどの事態を目の当たりにする。

『久しぶりねジル！　こんなところで会えるなんて嬉しいわ！』

とびきり素敵な笑顔を浮かべたヴィナは唐突に、ジルへ抱きついたのだ！

（えええええええ――――っ⁉）

好きなひとと美女が抱擁しているという特大の衝撃によって、ミコの頭からは思考がパーンと弾け飛んだ。身体も金縛りに遭ったように固まる。

『人間嫌いのあなたも、人里に下りてくる気になったのね。結構楽しいわよ～』

『……くっつくなヴィナ』

『なによう。いいじゃない、久々の再会なんだし――あら？』

ジルに腕を振り払われて、可愛らしく唇を尖らせるヴィナの瞳がこちらに向く。

目を見開いて立ち尽くすミコに気づいたようだ。

『ねえジル、連れているその子って幻獣？』

『違う、人間だ。ミコ、彼女はキャスパリーグで名前をヴィナという』

今回の訪問で会う機会はないだろうと思っていた件の幻獣と、まさかの対面である。

しかも美女姿で、城下のど真ん中とは。色々と予想外すぎる。

（さっきのは挨拶代わりだと思っていったん忘れよう、うん）

元の世界でも、外国に行けばハグやキスは挨拶になっているし。ミコはそう言い聞かせて、乱れた情緒を整える。

「初めましてヴィナさま。ミコといいます」

『えっ、この子もしかして言葉が解るの⁉』

『……ミコはあらゆる生き物と会話ができる《異類通訳》という能力を持っている』

ジルの補足説明にヴィナは目を瞠った。

『何その能力⁉　本当なの⁉』

「あ、はい。異世界から召喚されたので、授かった能力も多少規格外みたいでして」

『ミコだったかしら。すごいわ、あなたは本当に私の言葉が解るのね！』

こっちに行きましょ、とはしゃぐヴィナに日陰に設置されたテーブル席へと半ば強引に連れて行かれた。

そのヴィナがジルの横にさらっと腰をかける。

『改めて、私はヴィナっていうの。よろしくね、ミコ』

「こちらこそ。あの、ヴィナさまはジルさまと同じ最上位種なんですよね？」

『そうよ。私たちキャスパリーグは攻撃力こそあまり高くないけど、防御力が抜きん出ているの。それこそ竜の攻撃に耐えられるくらいに』

「……しっかり生物の域を突破していますね」

『うふふ、私とっても強いのよぉ』

明るく笑うヴィナにつられて、ミコも笑顔になる。

『それにしても、人間嫌いのジルが人間を連れているだなんて、なんだか感慨深いわ』

『しみじみと言うな』

『言うに決まってるじゃない。ジルってばおイタをするお馬鹿な人間はともかく、その辺にいる害のない人間まで敵視していたんだもの』

ヴィナの発言と態度からは、人間への嫌悪といった気持ちを感じない。たぶん、幻獣の中でも比較的人間に友好的なのだろう。

(仲良くなれたらいいな)

「ヴィナさまはよく街に来ているんですか？」

『ええ、ここはいつも賑やかで見物に事欠かないもの』

「たしかに、退屈はしなさそうですね」

『でしょう？　それにちょっと笑いかけると、どうしてか人間の男たちが花束とか宝石とかを渡してくるから楽しいし』

……愛嬌のある天然魔性（正体は最上位幻獣）、恐るべし。

でも、群がる殿方の気持ちはわからないでもない。

今のヴィナの姿は男性のみならず、女性も目が追わずにいられないような、とてつもない美貌なのだけれど。

表情や仕草が可愛らしいので、美人にありがちな近寄りがたさといったものがないのだ。

(全然気取っていなくて、むしろ親しみやすい感じだよね)

『ねぇ、ミコはどうしてこの国に来たの？』

「五日後に開かれる式典に招待されたんです。その間は、王城に滞在させてもらっているんですけど」

『……ミコ、まだ城に戻らなくていいのか？』

「あっ！」

ジルに言われて、ミコははたと焦る。いつの間にか、時刻は昼近くになっていた。

このあとはセレスティノとの昼餐会に呼ばれており、夕方からは観劇の予定が入っているのだ。

（ヴィナさまとはもっと話がしたいけど）

「準備の時間も必要なので、そろそろ戻った方がよさそうです」

『……わかった。じゃあな、ヴィナ』

『えー、まだいいじゃない』

立ち上がるジルの腕をヴィナは素早く摑み、甘えるような声で引き留めた。

『久々なんだから、もっとお話ししましょうよ』

『俺はミコの傍にいる。話し相手ならそれこそあいつに……』

『まったくもう！　ジルってば相変わらずね！』

にべもないジルの台詞を遮るかのように、ヴィナが大きな声をかぶせる。

『どこに可愛げを落としちゃったのかしら。昔はあんなに――』

『ヴィナ』

ジルはヴィナをひと睨みする。

みなまで言うなと告げるその声は静かでいて、気圧されるほどの迫力があった。

当のヴィナに畏縮するような素振りはないものの、それ以上は語らず肩を上下させる。

「ジルさま、昼餐会にはデューイさんもいます。だからここに残って大丈夫ですよ」

眉間にシワを寄せるジルをとりなすように、ミコはにこっとする。

『ミコ……？』

「せっかく久々に再会したんですから積もる話をしてください、ね？」

上目遣いのミコと視線を合わせることきっかり十秒。ジルは無造作に黒髪をかき上げた。

『……わかった。ならせめて王城までは送っていく。いいな、ヴィナ？』

『もちろんよ』

ただし、戻ってこなかったら承知しないから。ヴィナの男性も女性も魅了する綺麗な笑顔つきの脅し文句に、ジルはげんなりしたため息をこぼす。

ややあって、ミコはジルに手を引かれて城門の近くまで帰ってきた。

手を放したジルはミコの肩に手を置いて、顔を覗き込んでくる。

『本当についていいなくて平気か……？』

「はい。と言いますか、戻らないとジルさまの身が危険かと」

『……本気でやり合ったところで俺が勝つ。防御力が厄介だから多少は手こずるだろうが』

めちゃくちゃくだらない理由で、最強幻獣同士の喧嘩が起こっては困る。

「平和のためにも、お喋りにつき合ってきてください。わたしは大丈夫ですから」

『……気を遣わせて悪いな』

頭にジルの手が置かれた。ゆっくりと撫でる手の優しさが嬉しくて、ミコは淡く笑んだ。

「いってらっしゃい、ジルさま。またあとで」

『……ああ、またあとで』

名残惜しそうにミコから手を放して踵を返すジル。

その広い背中が見えなくなるのを見届けたミコは、支度のために急いで客室へ向かった。

その夕刻、由緒ある白亜の歌劇場。

見上げた先にある円蓋の高い天井では、大きなシャンデリアが揺れている。メインホールの壁や柱が金色と朱色で装飾されている空間は、絢爛にして重厚だ。

舞台の中央では歌姫が澄みきった高音の美声を響かせている。

（音楽と歌声が、全身に降ってくるみたい……！）

観劇のために、段になったフリルのティアードスカートこそ可愛らしいが色味はシックなワイン色のドレスを着ているミコは特別なボックス席で手を組んで、舞台に熱心な視線を注いでいる。

ちなみに、夕方近くに戻ってきたジルは護衛として、ミコの斜め後ろで待機中だ。

「フクマル殿、楽しんでいただけていますか？」

「はい、とても！」

左隣の席からうかがってくるセレスティノに、ミコは首を勢いよく縦に振ってみせる。

高尚な娯楽の最たるものである観劇、それもセレスティノ自らが接待役ということで、ミコは恐縮と気後ればかりしていたのだけれど。

幕が上がれば、その派手やかなる世界にあっという間に引き込まれてしまっていた。

この演目は、古くから親しまれてきた童話を題材にしているらしい。

童話とは違って魔法は登場しないそうだが、おおまかな内容は同じだ。わがままな姉たちや父から不当な扱いを受ける主人公が王子と出逢い、恋に落ちて最後にはめでたく結ばれるというもの。恋愛喜劇として人気の演目なのだとか。

「歌姫の声、なんて綺麗なんでしょうか……ね、デューイさん」

「本当に。目で楽しめて、耳で満喫できて、脳で浸れる。素晴らしい限りです」

右隣にいるデューイもミコに同意するように、称賛の言葉を口にする。

「わたしは生の舞台を観るのは初めてなんですけど、こんなにすごいなんて！」

「堪能してもらえているようでよかった。――フクマル殿が歌劇で退屈な思いをされたらどうしようという不安から、実は昼過ぎからはずっと落ち着かなかったんです」

はにかみながら白状するセレスティノに、ミコはくすっと笑ってしまう。

「セレスティノ殿下も冗談を言ったりするんですね」

「いえ、本当にそわそわしました！」

おちゃめをこぼして、セレスティノは老若男女をほだすような微笑を浮かべた。

（社交辞令だって、わかっているけど）

一国の王子という立場のセレスティノに対して畏れ多さを感じながらも、ミコの心の片隅には親しみも芽生えていた。

交えた言葉はまだそう多くはないが、セレスティノはとても話しやすい。

おそらく相手にそう感じさせるよう、彼自身が会話の中で集中力とさりげない心配りを発揮しているからだろう。

（成人したとはいえまだ十五歳なのに、すごいなあ）

ミコが心の中で感服していると、舞台上からひときわ大きな音楽が鳴り響く。

顔も声も素敵な王子役の歌手が、繊細でいて華やかな歌声を高らかに紡いでいた。

「フクマル殿、ここからがクライマックスですよ」

「はい、目に焼きつけさせていただきます！」

ミコは嬉々として舞台に視線を戻し、優しい表情のセレスティノもまた、階下を向く。

後ろにいたジルがその様子を鋭いまなざしで見ていたことを、二人は知る由もなかった。


割れんばかりの拍手と歓声で幕が下りたのち、ミコたちは劇場のロビーに出る。

「まだ目と耳が幸せです……」

「ミコさまのおっしゃるとおり、至福のひとときでした」

夢心地の余韻に浸るミコの感想にデューイも同調する。

不遇な主人公が迎えにやってきた王子さまに見初められるというのは、物語としてはこれぞ王道というもの。

けれどその王道は老若関係なく、乙女のツボをこれでもかと刺激するのだ。

（ジルさまはどんなふうに思ったのかな……）

ミコはちらっとジルに視線を送る。それにジルはすぐ気づき、ふっと目を眇めた。

そのささいな反応が面映ゆくて、でもなんだか幸せで、ミコは頬がゆるむのを我慢できない。

（よし、あとでジルさまに内容を話してみよう）

自分の感想にジルが共感してくれなくてもかまわないのだ。

つまらないでも、よくわからないでも、意見はなんだっていい。ただ同じ思い出として共有したかった。

「ミコさまはこれが初の歌劇ということですから、歌劇の基準がいたく高いものになってしまいましたね」

デューイが述べると、セレスティノは目尻を下げる。

「相変わらず、フォスレター秘書官は褒めるのがうまい」

「セレスティノ殿下のお褒めにあずかるとは、光栄の至りでございます」

——二人とも、なんだか楽しそう。

もちろん礼節は保たれているのだけれど。セレスティノとデューイからはそこまで気を張った様子が見受けられない。

ただ面識がある以上の親交があるのだろうなと、ミコが考えていたときだ。

「ご機嫌麗しゅう、セレスティノ殿下」

二十代半ばくらいの青年が、挨拶を口にして近寄ってきた。

銀髪とダークブルーの瞳。フード付きの外套の下に着ているのは一目で上質だとわかる装いだ。中性的な麗しい顔立ちは女王とよく似ていた。

連れている五人の護衛も、この主にしてこの護衛、と唸るような美形揃いだ。

「叔父上！　お久しぶりです、王都に戻られていたのですね」

「先ほど帰還致しました。……あと、公の場では『リオーネ公爵』だろう？」

ついといった調子のセレスティノを窘めながらも、その声音は優しげだ。

「フクマル殿、こちらはリオーネ公爵です」

（リオーネ公爵って、名前はたしかバルダッサーレさまだったよね？）

女王の弟で、セレスティノの叔父だ。そして王立魔法研究所の理事長。

ミコはデューイに教えてもらった情報を脳内に羅列していく。

「リオーネ公爵、こちらはアルビレイト王国の王室特任異類通訳ミコ・フクマル殿です。今回の式典にあたり、私が招待しました」

「王室特任異類通訳……」

紹介を受けてバルダッサーレは少し驚いたような顔をした。だがしかし、それも一瞬のうちに微笑へと移り変わる。

「視察に赴いていたためにご訪問を知らず、申し訳ありません。ただいまご紹介にあずかりました、リオーネ公爵バルダッサーレと申します」

優雅にお辞儀をするバルダッサーレにミコもスカートを持ち上げて腰を落とす。

「ご機嫌麗しく存じます、リオーネ公爵。ミコ・フクマルと申します」

「『獣使いの聖女』の名は我が国にも届いておりますよ。お会いできて光栄です」

ミコと挨拶を交わしたバルダッサーレは今度、デューイに視線を移す。

「久しぶりですね、フォスレター秘書官殿。アンセルム殿下のお姿がないようですが？」

「このたびは訪問が叶いませんでしたので、僭越ながら私が名代として参りました」

「左様ですか。ではアンセルム殿下によろしくお伝え願いたい」

「謹んで承ります」

頭を下げるデューイの横から、セレスティノが「ところでリオーネ公爵」と口を挟む。

「なぜこちらへいらしたのですか？」

「王城へ向かう途中に殿下の馬車を拝見しましたので、挨拶にと立ち寄った次第です」

「そうでしたか。視察はいかがでした？」

「有意義でしたよ。遠方まで赴いた甲斐があり、素晴らしい代物も手に入りました」

「――お話し中のところ恐れ入ります」

バルダッサーレの後方にいた護衛のうちの一人が、控えめに「閣下、そろそろ」と促す。

「わかった。それでは皆さま、失礼致します」

バルダッサーレは爽やかに言って、疲れなど感じさせない軽やかな足取りで歌劇場をあとにした。

（仲が良さそうだったな）

バルダッサーレは王位継承順位が上のセレスティノに口調こそ改まっていたが、他人行儀な感じは受けなかった。むしろ肉親に対する肩肘張らない空気があったように思う。

「リオーネ公爵は王都を離れていらっしゃったのですね」

「学会に合わせて、北方周辺の研究施設の視察に赴いていたと聞いています」

デューイとセレスティノの会話の邪魔にならないよう、ミコは傍らにいたジルにひそひそと喋りかける。

「ジルさま、歌劇を観てどうでしたか？」

ミコの問いかけに、ジルはやおら腕を組む。

『……悪い。楽しそうなミコを見ていたから、歌劇とやらの感想はあまりないな』

「わたしを？　どこにも面白味はないと思うんですが？」

『楽しいし癒されるぞ』

何がいいのか、ミコにはさっぱりわからない。

せっかくなら歌劇を観てもらいたかったのだけれど、とりあえずジルが楽しいのであればよしとするべきか。

――のんびりとそんなことを考えていたとき。

「あっ」

誰かの声が漏れ出る。

それはセレスティノのもので、顔をそちらへと向ければ琥珀色の瞳と視線が交わった。

「フクマル殿、そのまま動かないでください」

「え？」

台詞が呑み込めずミコは瞬く。

そんなミコへと、セレスティノはおもむろに手を伸ばす――が。

『…………』

伸ばされたセレスティノの手を摑んで止めたのはジルだった。その眼光は厳しい。

驚いた一拍ののちに、ミコの顔は一気に青ざめる。

「ジルさ、ん！　殿下に何を……！　セレスティノ殿下、申し訳ありませんっ」

護衛設定を忘れてつい「さま」呼びしそうになり、ミコは声を詰まらせた。

しかし今はそれよりも、ジルのことで頭がいっぱいだ。王子を阻むような行動と不遜な態度を取っては、不敬と捉えられかねない。

（ジルさま、急にどうしちゃったの？）

問題を起こさないというアンセルムとの約束から、ジルは人目のある場所では影のように控える態を徹底していた。

それがここへきての異変に、ミコは焦りと混乱を隠せない。

（いったいどうすれば……）

思わずデューイに視線を送る。ミコのそれに気づいたデューイは「心配いりませんよ」と口を動かした。

何か確信があるのか、デューイは少しも動じていない。

「――フクマル殿。髪飾りが外れかかっていたとはいえ、断りもせず女性の髪に手を伸ばすなど、私の方が不躾でした」

「髪飾りが？」

紳士の鑑じみた台詞を受けて、ミコは髪に手を伸ばす。

すると、真珠を使った髪飾りが本来の位置からたしかにずれていた。

（舞台にずいぶん興奮したせいで、ゆるんじゃったのかな）

空気を読んだデューイが「失礼します」と断って、手早く髪飾りを直してくれる。

状況を察したのか、ジルは黙ったままミコの後方に身を引いた。

深紫の瞳に先ほどの鋭さはない。あの剣呑さは、セレスティノの行動を攻撃とでも勘違いしたことによる突発的なものだったのだろう。

「主君への狼藉を止めた彼の姿勢は正しい。フクマル殿、無礼をお詫びします」

「そんな、滅相もございません！」

十五歳とは思えぬセレスティノの懐の深さに、ミコはひたすら頭が下がる思いがした。

何、この王子さまの神対応。

「ご心配には及ばなかったでしょう？」

デューイが小声でミコに耳打ちする。

「デューイさん、こうなることがわかっていたんですか？」

「セレスティノ殿下は、王族では類まれなる寛容さと謙虚な心をお持ちのお方です。あれしきのことで騒ぎ立てるほど狭量ではないと思っていましたよ」

……王族では、の比較対象が誰なのかについては追及しないでおこう。

（それにしても）

自国民ではないデューイをしてここまで言わしめるセレスティノがすごい。自分より年下だというのに。

（その余裕と器量は、そんじょそこらの大人では太刀打ちできないよね）

珠玉の歌劇よりも大きな感動を覚えるミコの姿を、ジルは傍らでじっと見ていた。

三章　聖女の不安と竜の受難

あくる日の朝。

観光の続きのために、ミコはジルと城下の目抜き通りを抜けた先にある、地形をうまく生かした大きな階段が目を引く広場に赴いた。

この界隈は国内外を問わずに旅行者が多いらしい。そのせいかたくさんの屋台が立ち並んでいて、開放的な雰囲気があった。

「このカメオを見てくれ、表情が繊細だろう？　質が良い証拠さ！」

「旬の果物はどうだい、みずみずしくて甘いぜ！」

潑剌とした店員たちのかけ声がそこら中を飛び交う。売る方も買う方もとにかく元気だ。

――聞いているだけで、活力をもらえるのだけれど。

街の人たちはマーレ王国の母国語を喋っているはず。

にもかかわらずちゃんと解る。公式の場で用いられているという共通語も同様だ。

ミコは言葉も文字も変えていないが相手に通じているし、相手のものもちゃんと理解できている。

異種族とは別に、この世界の人間の言語もミコの知る言葉に変換されているみたいだ。

(仕組みは謎だけど、言葉のやりとりに不自由しないのって助かるな)

異世界転移者の特別装備(?)をありがとうございます神さまと、ミコは天に向かい手を合わせる。

「ふわぁ……」

と、あくびを我慢しきれずにミコが口元を押さえると、ジルが視線をこちらに寄越す。

『……眠いのか、ミコ?』

「ちょっとだけ。昨日、夜更かししてしまったせいですね」

昨夜の観劇のあと、『……何が面白かったんだ?』と訊いてくれたジルにミコは劇の内容を話した。

ジルはミコの顔を見ながら話に相槌を打ってくれる。とどのつまりとても聞き上手なので、ミコは身振り手振りを交えてつい熱く語ってしまったのだ。

「ジルさまも話につき合わせてしまってすみませんでした。眠たくありません?」

『俺は大丈夫だが、ミコが眠いならこのまま戻って休んだ方がよくないか……?』

「いいえ! 今日は予定がなくてゆっくり観光できるので、眠気は根性で抑えます!」

ジルの過保護を取っ払うように、ミコは右手の親指を立てて勇ましく宣言する。

そのいい笑顔から、これは何があっても引き揚げないなと判断したようで、ジルは『無理はするな……』と諦めたように呟く。

　すると、突然。

『ジル、ミコ！』

　どこからか、耳に覚えのある可愛さと色気の混じった声が聞こえてきた。

　ミコがきょろきょろと視線を巡らせると、すぐに声の主は見つかった。太陽の光を弾いて波打つ金髪をさらに輝かせた、絶世の美女である。

「ヴィナさま！」

『……なぜお前がここにいる』

『ジルってば朝からご挨拶ね』

　ジト目のジルに怯みもせず、ヴィナは笑顔のままミコと目を合わせる。

『ジルから、今日またあなたたちがここに来るって聞いていたものだから。ミコともっと話がしたくて、来ちゃったの』

　まさかヴィナの方から会いに来てくれるとは思わなかったミコの胸は弾み、満面の笑みがこぼれた。

「わたしもまた会いたかったので来てくれて嬉しいです、ヴィナさま」

『あらやだ、可愛いこと言ってくれるのね♡』

　なでなでなで。ヴィナは犬の毛並みを堪能するようにミコの髪を撫でさする。

絶世の美女との触れ合いは変に緊張してしまった。

『ミコの髪ってつるつるでさらさらなのね、癖になりそうだわ』

「あ、ありがとうございます……」

されるがまま状態で盗み見たヴィナは、同性ですらどきっとするほど艶やかに笑っていた。色っぽすぎて、小娘ごときでは直視できません！

『……ミコを放せ、ヴィナ』

『い・や・よ』

傍らで、ミコが好き放題撫でくられている状況を見せつけられているジルの目は据わり、氷点下の空気が漏れ出ていた。こちらは違う意味で直視しかねる。

（いけない、通行人が震え上がる前になんとかしないと！）

「おふたりとも、立ち話もなんですのであっちに座りましょう！」

慌てながらミコが日除けの施されたテーブル席を指でさすと、ヴィナは『そうね』と触れ合いから解放してくれた。ジルの氷点下の空気も引っ込んだので、一安心だ。

ミコはヴィナと横並びに座り、ジルも向かいに腰を下ろす。

『このあたりって、いろんないい匂いがするわ』

「食べ物の屋台がいっぱいありますよね。ヴィナさまは食べたことがありますか？」

『人間の男が渡してきた、ベリーがいっぱいのった丸い形の白くて甘い食べ物は口にしたことがあるわよ。おいしかったわ』

貢がれたのは、女子受け抜群のフルーツとクリームたっぷりのホールケーキだった模様。

『人間の作るものって、おいしそうな匂いがするのよね』

「食材にいろんなものを足して、煮たり焼いたり揚げたりしますから」

『そうなの？　私もたまに自生している果物を食べたりするけど、そのままでしか食べないわ』

「素材を生かす場合もありますけど、香りは調理した方が引き立つ場合が多いです。食感とかは劇的に変わるんですよ」

『食への執念がすごいのね、人間って』

幻獣は日光があれば生きていけるので工夫をする必要はないだろうが、生きる糧が必要な人間はそうはいかない。食物をおいしくいただくための貪欲さは、他に類を見ないだろう。

「お昼も近いので、よかったら何か買ってきますね」

『本当⁉　嬉しいわ、ありがとう』

（うわあ、可愛い……）

女神のごとき絶世の美女が浮かべた少女のような笑い顔は実に愛くるしくて、ミコは思わず見惚れてしまった。

「ヴィナさまは食べられないものはありますか？」

『んー、別にないかしら。でも、ジルは肉を食べないんじゃない？』

ずばり言い当てられたジルは頰杖をついてヴィナを横目に見やる。

『……よくわかるな』

『あなたのことだもの、わざわざ命を奪ってまで食べようとはしないでしょう？　昔っから、冷たそうな見た目に反して慈愛が深いもの。優しさの塊みたいだったラリーを見て育ったせいかしらね』

「！」

ミコは驚いて目を丸くした。

ヴィナはジルの気質を把握しているばかりか、父親代わりの今は亡きラリーとも面識があったようだ。

(古い知り合いだって、ジルさまは言っていたし)

ほぼ毎日一緒に過ごしているとはいえ、ミコはジルと出逢ってまだ半年程度。

ヴィナがジルのことをよく理解しているのも、ミコの知らないジルの過去を知っているのも当たり前だ。

それなのに……胸の奥がにわかにさざ波立ってしまう。

『それはそうと、ジルってば別形態も無表情よねぇ』

言って、身を乗り出したヴィナがジルの頬を人差し指でつんつんとつついた。

親密さに溢れた行為に虚を突かれたミコはフリーズする。

(いや、さすがに距離感が近くない⁉)

『もうちょっと表情をやわらげてみたらどう？』

『……余計なお世話だ』

(ジルさまも言うことはそれだけなの⁉)

素っ気ない口ぶりだがジルの声に尖りは感じられない。

無表情のまま白い指先を振り払う手つきもぞんざいだけれど、本気で鬱陶しがっているようには見えなかった。ミコはなんとも言いようがない心地になる。

『ヴィナ、いい加減つつくのをやめろ』

『ジルは笑ったらもっと素敵になるわよぉ』

ジルから振り払われても、ヴィナはめげずにまた彼の頬をつつく。

やたらと絵になる美男美女の一連のやりとりは仲睦まじいものとしてミコの瞳には映り、胸が小さく騒いだ。

(……なんだろう)

ヴィナとジルは肩を並べる最上位種同士だ。

対等に接するのは至極自然なことだと、ミコも頭ではちゃんとわかっているのに……

(ヴィナさまがこうして会いに来てくれて)

話ができて、すごく嬉しい。それは本当だ。

それなのに目を逸らしたくなるような、落ち着かない気持ちが胸に迫ってくるようなかつてない感覚にミコは困惑して、無性にこの場にいたくない気持ちに駆られる。

反射的にミコは立ち上がった。

「ちょっと買い出しに行ってきますね！」

『ミコ？　なら俺もついて……』

「大丈夫です、すぐに戻りますから！」

行ってきます、とジルに言い投げて、ミコはその場から逃げるように席を立った。

人波でふたりが視界から消えたところで、わたしはどうしたんだろうと、ミコは遅まきながら首を捻る。

——綺麗だけど可愛らしくて、ミコの知らないジルを知っているヴィナ。

今しがたのジルとヴィナの親密な様子を思い起こすと、なぜか心臓がきゅっと縮こまる。

胸の中ももやもやしてきてしまい、ミコは鬱屈交じりのため息を吐き出した。

(って、こんなに暗くてどうするの！)

「ここは一つ、おいしそうなものを探そう！」

お腹が満ちれば不安定な気分も晴れるはず。

ミコは気を取り直して、軒を連ねる屋台を物色することにした。

（お肉を食べないジルさまでも大丈夫なものは、と）

パンや煮込み料理など魅力的な食べ物がたくさんあるが、鼻を直撃した揚げものの匂いに引き寄せられる。「三つください」と、口から勝手に注文が飛び出た。

「はいよ、お待たせ！」

「ありがとうございます」

受け取った三つの包みの中に入っているのは、オレンジに似た形をした、トマトのリゾットとチーズを包んで揚げたライスコロッケだ。マーレ王国の南の地方の郷土料理らしい。

「おいしそうな匂い……」

食欲をそそる香りの効果によって、得体の知れないもやもやは薄らぐ。我ながら単純。

冷めないうちにと、ミコがジルたちのところへ戻ろうとした途端、栗色の髪を風がかすめ、頭上からばさっという羽音が聞こえてきた。

なんだろうとミコが視線を持ち上げてみると、

「えっ、鳥⁉」

ミコはぎょっとする。カラスより一回りほど大きく、羽が雷のように鮮やかな黄色の鳥が一羽、こちらに急降下してきているのだ。

『もーらいっと』

その鳥は呆然とするミコの手から、ライスコロッケを一つかっさらった。

そこで正気づいたミコは残るライスコロッケを抱えたまま、黄色い鳥を追って走り出す。

「待てー、泥棒鳥！」

『このサンダーバード、ゼフィさまに狙われたのが運の尽きってな』

「サンダーバードゼフィ？　立派な名前ね泥棒なのに！」

『は⁉　なんで人間がおれの言葉解ってんだよ⁉』

「そういう能力を持ってるの！　それより下りてきなさい！」

『やだね。あばよ～』

黄色い鳥はミコを嘲笑うかのように急上昇し、ばっさばっさと飛んでいく。

「『あばよ～』じゃないから！」

ミコは見失わないよう、黄色い鳥から目を離さずに追いかける。

身体は小さいけれど、かつてはコタロウ、今はソラとの散歩が日課なので、ミコは健脚と体力にはそれなりの自信があるのだ。

（絶対に逃がさないんだから！）

執念を漲らせつつ、夢中で黄色い鳥に追い縋っているうちに通りの中心から逸れた、たくさんの樹々が植わった緑が溢れる場所に行き着いた。

（このあたりに下りたと思うんだけど……）

『また寝てやがる。ルーさまーっ！』

羽ばたきの音に加えて誰かを呼ぶ大きな声は、さっきのやけに長い名前の鳥のものに間違いない。

声が聞こえた方にミコは走り、草葉を突破した先に——いた。

「見つけた！」

『げっ、さっきのちんまり⁉』

（ちんまりってわたしのこと⁉）

まごうかたなきちんまりだという自覚はあるものの、別の誰かからそう呼ばれるとつらい。自分だって十分小さいくせに！

（というか、ぱっと見じゃ気づかなかったけど、この鳥ってもしかして鷲か鷹？）

色彩が派手な点はさておき、猛禽類らしい鋭い目と、小ぶりながらも獲物を掴んで離さない逞しさを感じる脚には特有の獰猛さがあった。ミコはつい後ずさる。

『ルーさま、変なのが追っかけてきたから起きろ！』

黄色い鳥が羽ばたいた先——大きな樹の根元によりかかるようにして、少年が眠っていた。

（うわあ、綺麗な男の子……！）

見た目は十一、二歳といったところか。髪は少しウェーブのかかった白っぽい金色で、シャツにベストという品のある格好だ。けれど少年らしく、群青色のズボンは膝上丈と短い。

『おいルーさまっ、いいかげん起きろって!!』

語気を強めたゼフィは平手打ちよろしく、羽で少年の頭をひっぱたいた。

『んー？ ……くぅ』

『また寝ようとすんな！ ったく、ルーさま警戒心なさすぎ！』

『……不意打ちされても、よっぽどのことがない限り死なないから、大丈夫……』

『そういう問題じゃねえんだよ！』

漫才めいた軽妙なやりとりに、ミコは口をあんぐり開けて傍観するしかない。

（あれ？ あの美少年、黄色い鳥と話ができているような？）

『つかルーさま、マジでいったん起きろ。変な奴がいるんだって』

『変な奴……？ あれ、知らない子がいる』

寝ぼけた調子の少年はようやくミコの存在を認識したようだ。

ミコはミコで、目が合ったことで少年の瞳が、右が金で左が群青と左右で色が異なるオッドアイだと気づいた。

『このちんまり、おれの言葉が解ってんだよ！』

『へえ、そうなんだ』

すっくと起きた少年は、にこにこと笑いながらミコの前に立つ。

少年の身長はミコよりも高いが、小柄な方だろう。

『僕はルーア。この子は僕の従魔で、ゼフィっていうんだ』

従魔、ということは……

「わたしはミコです。ゼフィくんは鳥じゃなくて幻獣なんですね？」

『そうだよ。まだ子どもだけど、サンダーバードっていう上位幻獣なんだ。……本当にミコは僕の言葉が解るんだね、君は人間なの？』

「人間です。言葉が解るのは、常にあらゆる生き物と会話ができる能力のおかげでして」

『それはすごいねぇ』

ルーアはふわふわした雰囲気で、天使のごとき美麗な少年だ。

その姿からは正体がまったく想像できないけれども。上位幻獣だというゼフィと会話が可能かつその主というのなら、ルーアはそれ相応の幻獣ということになる。

（まさか最上位種？）

『そういえば、ふたりはどこで出逢ったの？』

「すぐ近くです。ゼフィくんとはその、もろもろあって知り合いました」

『う～ん、たぶん迷惑をかけたかな？　ごめんね、ゼフィはやんちゃだから』

困った顔でルーアは図星を指す。ゼフィの性格はお見通しのようだ。

『ゼフィ、ミコにごめんなさいは？』

『……ごめん』

ふてたような物言いだが、主の言うことを素直にきいてゼフィは謝ったので、ミコも溜飲を下げることにする。

「ルーアさま、ご協力ありがとうございました」

『こっちこそごめんね。──僕が別形態とはいえ、ミコは幻獣を全然恐がらないね？』

「幻獣と接する機会が多いので。ルーアさまも人間であるわたしに対して、その」

鷹揚ですね。ぽやんとしていると正面切っては言えず、ミコは単語を慎重に選ぶ。

『僕はこの姿でよく、人間の街に遊びに来ているから。同胞を狩る輩は別だけど、それ以外には他の幻獣たちより結構友好的かな』

『友好的はいいけどさ、ルーさまはもうちょいしゃきっとした方がいいぜ』

ルーアの左肩にとまりながら、ゼフィがぼやく。

『おれが叩き起こすまで起きないってどうなのよ？』

『でも、それは今さらじゃないかなあ』

『ルーさまはほんと、出逢ったときから変わらねぇよな……』

うなだれるゼフィの羽をルーアはほのぼのと笑いながら撫ぜる。

この短い間に、ルーアのおっとりした性格をうかがい知れた。それに、やんちゃそうなゼフィの面倒見のよさも。

ジルとソラとはまた違った感じで、仲が良さそうだ。

「あの、ちなみにルーアさまはなんて幻獣でしょうか？」

『若輩だけど、一応はキャスパリーグだよ』

（やっぱり最上位種なんだ！）

ミコの知る限り、最上位種は人形になれるようだが――揃いも揃って、尋常ではない綺麗な容姿をしているものなのかと思ってしまう。

（それに歳はきっと、この姿とは結びつかないほどのご長寿なんだろうな）

「キャスパリーグということは、ヴィナさまと同じですよね？」

ミコの質問に、ルーアは色違いの瞳をわずかに揺らした。

『……うん、そうだよ』

答えるルーアは神秘的な双眸に、髪と同じ色の長い睫毛で影を落とす。陰りのある雰囲気が、少年らしさに危うい魅力を生じさせているようだ。

儚げに笑むルーアの金髪をゼフィが励ますように羽でぽんぽんする。どうしたのかな？

『ミコはヴィナを知っていたんだね？』

「あ、はい。今ちょうど――」

ここでミコは、ジルとヴィナを待たせたままであることを思い出す。

手に持っているライスコロッケからは、揚げたてのぬくもりが失われつつあった。

（大変、急がないと！）

「ごめんなさいルーアさま、ゼフィくん。わたしひとを待たせているところだったので、これで失礼しますね！」

慌てながらお辞儀をするミコに、ルーアはのほほんと笑って応じた。

『うん、またね。僕は陽の高いうちはこの一帯に割といるから、見かけたらいつでも声をかけて』

『あばよ、ちんまり』

……ゼフィのミコへの小憎らしい態度は置いておくとして。

知らない土地で『また』と言われることは、存外嬉しいものだ。ミコの胸はもやもやに代わって、ほんわかとしたぬくもりに包まれた。

「ルーアさま、ゼフィくん。また今度！」

白い歯を見せて言ったのち、ミコは急いで走り出す。

ライスコロッケは熱々ではなくなってしまったが、まだかろうじてほんのりあったかい状態だ。今が冬でなくて助かった。

（ジルさまたち、待ちくたびれてないかな）

王城へと続く目抜き通りほどではないものの、屋台がひしめくこの通りも人が多くて進みづらい。

それでもなんとか、ミコはライスコロッケを死守してジルたちの待つ場所まで戻った。

――が。

『お前、本気で言っているのか……？』

『もちろんよ。というわけで、よろしくねジル♪』

『…………ちっ』

漏れ聞こえてきた話の内容はさっぱりだけれど。

何やら上機嫌なヴィナとは正反対に、ジルは不服さを隠すことなく舌打ちした。あんな荒々しい態度のジルは珍しい。

（何があったんだろう？）

『ミコ』

ミコの姿に気づくと、ジルは醸し出していた険しい雰囲気をやわらげた。

あからさまな変わりようにだいぶ照れる。

「ジルさま、ヴィナさま。すみません、お待たせしてしまって」

『そんなことはいい。重くなかったか……？』

「平気です」

過保護なジルに笑顔を向けるミコは元いたヴィナの隣に座りながら、ふたりにライスコロッケを手渡す。

『ありがとう。……あら、ミコの分は？』

「ちょっと色々ありまして。わたしはまた買ってくるので、気にせず食べてください」

『なら私とわけっこしましょ。はい、あーん』

ヴィナがミコの口元にライスコロッケを運んでくる。

この状態で遠慮するのもなんだ。ミコは少しばかり恥じらいながら、ライスコロッケを一口かじる。

衣はまだサクサクで、トマトと、とろけたチーズの組み合わせは反則的な相性の良さだ。

「おいしい！　ジルさまとヴィナさまも食べてみてください！」

『……ああ、うまいな』

『ほんと、これおいしいわ！』

ふたりの好意的な反応にミコは満足げに笑った。

そのとき、ふと黄色い声がミコの耳に入ってくる。

「うわっ、あそこ見て。黒髪の超絶美形と金髪の超絶美女がいる。外国人かな？」

「ほんとだ、めちゃくちゃお似合いのカップルだね！」

「ねー、絵になるー」

視線を向けると、若い女子二人組がふたりに注目していた。

他にも、通りを行きかう老若男女が通り過ぎざまにジルとヴィナをちらちらと見ている。喧騒に紛れて、彼らが若い女子二人組と同じような感想を口々にもらしているのが聞こえてきた。

――ジルとヴィナが恋人同士だと信じて疑っていなくて。

ミコをジルの恋人だと指摘する声は、まったく聞こえてこなかった。

(わたしは、恋人に見られていないんだ……)

そもそも、華のあるふたりの前では眼中にすら入っていないかもしれない。

(今までジルさまがわたし以外の女性と一緒にいるところを見たことがなくて、意識することがなかったけど)

傍から目にすると、ジルとヴィナは見れば見るほどお似合いだった。

そのことで自分とジルの不釣り合いさが浮き彫りになった気がしてしまい、ミコはひそかに落ち込んでしまう。

(……まただ)

胸の奥で、消えていたはずのもやもや――どこか熱くて、穏やかではない気がする気持ちがまたくすぶり始めていた。

その日、長い月の光が天上を照らす夜のこと。

『……ヴィナのところに行ってくる』

いきなり、ジルは告げた。

「え？」

得体の知れないもやもやから目を背（そむ）けつつ、城下の観光を終えて夕方前にはヴィナと別れて、ミコらは王城に戻った。

そこからはまったり過ごして、あとはもう寝るだけ。

それがここへきてのジルからの発表に、ミコは混乱してしまう。

「今からですか？　どうして……」

『昼間、ヴィナから来いと言われたんだ』

ジルは無表情ながらも、不服そうだった。

ミコのまなうらには、城下で見たジルの荒々しい態度が横切る。

「ジルさま、ヴィナさまとどんなやりとりをされたんですか？」

『……たいしたことじゃない』

言い方は、ミコを突き放すような冷たいものでは決してない。けれど、ジルから暗に触れるなと、一線を引かれたようにミコは感じた。

（わたしには話したくないことなのかな……昔のことも、教えてくれなかったし）

そう考えると、そこはかとない疎外感を覚える。

踏み込ませてもらえないことが切なくて、胸がつきっと鈍く痛んだ。

『じゃあ、行ってくる……』

窓から出て行こうとするジルの背中にしがみつきたい衝動を堪えて、ミコはせめてもの言葉を振り絞った。

「……ジルさま、お気をつけて」

『ああ、ミコはしっかり休めよ』

ミコへの配慮の言葉を残して、ジルは人間には不可能な跳躍で夜の闇に紛れる。

吹き抜けていく秋の気配をはらんだ涼やかな風が、ミコの淡い栗色の髪をなびかせた。

「行っちゃった……」

後ろ手に窓を閉じながら、ミコは瞼を伏せる。

(変な心配は、していないけど)

やましいことがあるのならミコにわざわざ告げて堂々と姿を消したりせず、寝静まった頃にこっそり抜け出すはずだ。そのあたりは誠実なジルをミコは信じている。

でも——本当は行ってほしくなかった。

(だけど、昔からの友好関係を壊したくない)

幻獣の中でも強大な力を持つジルは、ほとんどの同胞から傅かれる存在だ。

気を許しているソラは家族のようなもので、友人とはまた違う立ち位置になる。つまりジルが気兼ねせずに話をすることができる相手というのはかなり貴重なのだ。

それを自分の情動で邪魔したくなかった。……したく、ないのに。

（こんなに胸がもやもやするのは、どうして？）

おぼろげだったはずのもやもやはいつしか確かなものとなって、ミコの胸の中に溜まっていた。

小鳥たちの陽気な歌声が朝を連れてくる。

閉めていたカーテンの隙間から覗く朝陽が明るくなり始めた頃に、ミコは目を覚ました。

「ん……」

『……おはよう、ミコ』

聞き慣れた低くて甘い美声で、ミコの意識は一気に覚醒する。

跳ねるように起きると、ベッドの脇に腰かけたジルが広い背中で朝の光を遮るようにしてミコを見下ろしていた。

扉の前には見張りの護衛がいるため、ジルは朝や夜などは窓から出入りする——ちなみにここは三階――ため、窓の一か所の錠を開けているのだ。

(ジルさま帰ってたんだ、よかった)

朝起きて、ジルがいなかったらどうしようというかすかな不安があっただけに、ミコは安堵から思わず涙ぐんでしまった。

「おはよう、ございます……」

『……どうした?』

不思議そうに眉をひそめるジルが、ミコの髪を撫でる。

心配してくれているのが伝わる優しい手つきにまた安心してしまったミコは、恥じらいを置き去りにして自分からジルに抱きついた。

『ミコ、何かあったのか?』

「ちょっと、恐い夢を、見てしまって……」

表情でバレないよう、ミコはジルの胸に顔をうずめて嘯く。目ざといジルもさすがに疑わなかったようで、ミコの背中をゆっくりと叩いてくれる。

「ジルさま、いつ戻ってきたんですか?」

『夜中だ。ヴィナのお喋りにひたすらつき合わされた……』

――ヴィナさまとの話は楽しかった?

ミコはジルのことを心の底から信じている。

それでも今不用意に口を開けば、責めるようなことを口に出してしまいそうだ。ミコはきゅっと唇を結ぶ。

（子どもじみたことを言って、ジルさまを困らせたくない）

それに昔からの友好的な関係を壊したくないというのも、ミコの偽らざる本心なのだ。その葛藤が切なさに拍車をかける。ミコの心境はこれまでになく複雑だった。

（ジルさまとヴィナさまはふたりで、どんな話をしていたんだろう……）

「――殿。フクマル殿？」

「！　はい、なんでしょうかセレスティノ殿下」

隣のセレスティノに声がけされて、ミコははっとする。

「どうかされましたか？　もしや体調が悪いのでは？」

「いいえ、そんなことありません。お心遣いありがとうございます」

「それならいいのですが」

樹の香りをまとう爽やかな風が吹く昼下がりの今、ミコは王城の裏側に広がる庭園の中に建つ、神殿を思わせる四阿にいた。

――「時間がありましたら、このあと一緒にお茶でもいかがでしょうか？」

王城にあるロングギャラリーを鑑賞したあと、案内役であるセレスティノがお茶に誘ってくれたのだ。

護衛役のジルはミコの斜め後ろにある柱近くにたたずみ、ティーセットと美しい品々の盛られた三段のティースタンドが用意されたテーブルには、ミコの他にデューイとセレスティノが着席している。視界に入らない位置には使用人らも控えていた。

（つい違うことを考えちゃってた。しっかりしないと）

「どちらをお取り致しましょう？」

「じゃあ、タルトをお願いします」

紅茶を注いでくれたメイドに色鮮やかなタルトを頼めば、メイドは手早くタルトを皿にのせて、ミコの前に差し出した。

「フクマル殿は甘いものがお好きでしたよね。遠慮せず召し上がってください」

「お言葉に甘えて、いただきます」

用意してくれた豊潤な香りが立ち上る紅茶を、ミコは静かにいただく。

喉ごしのよい渋みのあとに感じる砂糖とは違う品の良い紅茶の甘みで、心と身体が綻ぶようだ。

「おいしいです。誘っていただきありがとうございます、セレスティノ殿下」

「私の方こそ、一人でお茶をせずにすんで助かりました」

セレスティノはお茶の誘いをあくまで己の都合にする。

相手に気を配りながらも気遣わせまいとする自然な対応は、見習いたいほどだ。

「このタルト、ストロベリーが瑞々しくておいしいですよフクマル殿」

「んっ、本当ですね！　甘さもさっぱりしているからすごく食べやすいです」

「これはいけない、つい食べすぎてしまいそうです」

この上なく上品な所作でタルトを口に運ぶセレスティノを前にしても、ミコは変に畏縮するといったことがない。

セレスティノの表情や視線が終始和やかで、心地よさを与えてくれるからだろう。

（相手にそんなふうに思わせる振る舞いができるって、簡単なことじゃないよね）

ましてや王族は傅かれることが当然で、気は遣うものではなく遣われるものだ。

つまるところ自然と身につくことではない。セレスティノは相手の一挙手一投足をよく見て、意識してきたはずだ。

ミコはセレスティノを感動に近い態で正視する。

『…………』

「っ⁉」

突如、ミコは背後の温度が急激に下がったのを感じ取った。

そろそろと首を斜め後ろに捻ると、ジルとばっちり見合う。

――表情は変わらないのに、ただならぬ雰囲気がだだ漏れていらっしゃる。

（な、なんかジルさまご機嫌斜め⁉）

背筋が凍るほどの威圧感がふんだんに盛り込まれた迫力に、ミコは視線をずらす。

耐性がついたと思っていたけれど、余裕で恐い。どうしたんだろう？

「なんだか、心なしか空気がひんやりした気が致しますね」

「ええ。少し肌寒いような……？」

位置的に、ジルが視界に入っていないはずのデューイとセレスティノの体感温度まで下がった模様である。

（ひええっ！　ジルさまの不機嫌オーラ（？）って察知できるものなんだ！）

内心では戦々恐々ながらも、ミコは意地でごまかし笑いを繕った。

「も、もう秋も近いですからねっ」

「たしかに。フクマル殿、何か羽織るものを用意させましょうか？」

「いえっ大丈夫です」

「これはご機嫌麗しく。フクマル殿、フォスレター秘書官殿、セレスティノ殿下」

伸びやかな声を差し入れて歩み寄ってくるのは、爽やかな笑みを浮かべたバルダッサーレ。

貴公子然とした装いでこそあるが、バルダッサーレはフード付きの外套を羽織っていた。

手には小ぶりな照明器具のようなものを持っている。

「フクマル殿、料理の味はお口に合っていますか？」

「はい、お菓子もお料理も全部とてもおいしいです」

「そうですか、それはよかった。ちなみに宮廷のデザートで、たっぷりのミルクを用いた冷たいジェラートに、あたたかい濃いめのコーヒーをかけたアフォガードは絶品ですよ」

「それはおいしそうですね！」

おすすめされた冷と温のマリアージュを想像して声を弾ませるミコに、バルダッサーレは品がありながらもおどけた表情で「味は保証しますのでぜひ」と、片方の目を瞑ってみせる。彼も緊張をやわらげる術に長けたお方だ。

「リオーネ公爵、ランタンのようなものをお持ちですが、これから外出ですか？」

「フクマル殿、これは魔光灯という魔道具なのですよ」

ミコの見解の違いを、バルダッサーレは即座に訂正する。

「魔光石と呼ばれる魔石を使ったもので、石に魔力を込めると光るのです。天候を気にせずに灯りを使うことができるので、外出の際には重宝しますよ。なお、魔光石はその大きさによって光量に差があり、込める魔力の量によって点灯時間が変わります」

……なんてなめらかな饒舌。

「熱弁されたことですし、リオーネ公爵もよろしければお茶を一緒にどうです？」

にこやかなセレスティノの誘いに、バルダッサーレは申し訳なさそうにかぶりを振った。

「残念ですがこれから王都を発たねばなりませんので、ご遠慮します」

「これからですか？」

「急な出張が入りまして。……ですが、殿下の晴れの日までには戻りますよ」

しゅんとなりかけていたセレスティノの表情が、バルダッサーレの約束を受けて明るいものになる。

そんな甥っ子にバルダッサーレは優しい目顔を送った。

「わかりました。この間視察から戻られたばかりなのに、お忙しいですね」

「ええ、今しがた軽く目にしてはきたのですが……趣味をゆっくり楽しむ時間が取れないのは困ったものです」

では、と踵を返したバルダッサーレは颯爽とした足取りで去っていった。

困ったものと言葉では言っていたが、その表情は溌溂としていたのでさほど苦に感じていないのだろう。

「戻ってきたら、趣味に没頭できるくらいの時間が取れるといいのですが……」

「リオーネ公爵のご趣味とは、どのようなものなのですか？」

「魔道具の収集と鑑賞です」

（……だからさっき無駄に詳しく説明してくれたんだ）

セレスティノの答えにミコはいたく納得した。

好きが高じて、今の役職に就いたのではないだろうか。

「この庭園のさらに奥には、多忙な公爵が趣味を楽しむためのこぢんまりした館がありま す。ときおりそこで収集品を鑑賞して日々の疲れを癒されていますよ。あと、ヴァイオリンの演奏もお好きですね。館の前には池があるので、そこで演奏されることもあります」

緑と水を背景にヴァイオリンに興じる美青年。……絵本の挿絵にでもなりそうな情景だ。

「ヴァイオリンといえば、アンセルム殿下も楽器が堪能でいらっしゃいますよね、フォスレター秘書官」

セレスティノから話を振られたデューイは首を縦に振る。

「ひと通り嗜まれますが、一番お得意なのはピアノでございますね」

ピアノを演奏するアンセルムをミコは脳内に描く。

容姿は完璧な王子さまなので、大変よく似合う結果となった。

「楽器の他にも、アンセルム殿下は火魔法の使い手でもあるんですよ！」

何かスイッチが入ったらしい。琥珀色の瞳をこれでもかと光らせるセレスティノの、熱のこもった主張が続く。

「同じ能力を持つ私に使い方を教えてくださったり、他にも何かと目をかけてくださっていて、お優しいんです。それに軍属していらっしゃったので武術の心得があって強い。本当に憧れます」

「え、アンセルムさまは軍属していたのですか？」

驚くミコに答えたのはデューイだ。

「学舎から基礎を積み、公務をこなされながら王国騎士団の騎士として日々励まれておりました。十七歳の折に、執務に専念するため退役されましたが」

（だから太古の森でジルさまと対峙したとき、構えが妙に様になっていたんだ）

うんうんとミコは一人ひそかに得心する。

「フォスレター秘書官も相変わらずお強い。訪問のたびに武術のご指導をお願いしていますが、何度やっても勝てません」

「現段階では体格差が否めませんので。しかしながら先日手合わせさせていただいた際、確実に上達しておいでだと感じました」

（なるほど）

両者が打ち解けていた理由はここに繋がるようだ。

師と弟子とまではいかないが、武術を通じて交流を図っていたらしい。

「武術の他に、楽器の練習も熱心だと伺っておりました。セレスティノ殿下の勤勉さには、私も背筋を正される思いが致します」

「ふふ、フォスレター秘書官にそう言ってもらえると励みになりますね」

綺麗に微笑むセレスティノの表情が、次の瞬間に神妙なものへと変わった。

「ですが、それは買いかぶりです。私には特筆すべき素養はなく、王族としては凡庸。勉学も武芸も芸術も、あらゆることを真摯によく学び、反復して、継続しなければ身につかない。陛下やリオーネ公爵、アンセルム殿下といった尊敬する有能な方々に近づく唯一の近道が努力しかないと知っているから、精進を重ねているにすぎません」

「……すごい」

「フクマル殿？」

いけない、心の声を口に出しちゃってた。

不思議そうに瞬きをするセレスティノに、ミコはしどろもどろで言い募る。

「いえ、あの、……憧れること、自分より優れた人を羨むことは誰にでもできますが」

逆に、なまじ地位がある場合は矜持が邪魔をして己が劣っているとは認められず、秀でた才能に恨みや妬ましさを抱いてもおかしくはない。

そういった暗さがセレスティノにはなかった。

自分の実力を謙虚に受け入れて、尊敬を忘れず上を目指す姿勢は王の資質はもとより、人として素晴らしい。

「……憧れに近づこうと実行に移すこと、そしてそれを続けることは決して生半可なことではないと思うので。セレスティノ殿下はすごいなと思いました」

なんの下心もなく、ただ心で思うままにミコはセレスティノを褒める。

それを受けたセレスティノは一瞬、ぽかんとした。

「……ふ、あははは！」

一変、セレスティノは人目も憚らず大口を開けて笑った。心から楽しいといわんばかりに、身体を揺らしながら。

(笑いどころなんてあった⁉)

「ど、どうかしましたか……？」

「いえ、申し訳ありません。フクマル殿があまりにもまっすぐなので、つい」

ほとんど涙目のセレスティノのすでに整った顔は年相応の少年らしいあどけない笑顔に彩られており、いつもの大人びた雰囲気が消えていた。

予期せぬ反応に、今度はミコがぽかんとする。

「ただ、私はそこまで高尚な人間ではありませんよ。劣等感も当然ありますし、物事がうまくいかないことへの焦りや悔しさを感じることなど日常茶飯事ですから」

「？　それでも投げ出さないことがすごいのではないですか？」

真面目な顔をして返せば、セレスティノはまた今しがたのような反応を見せる。

どのあたりが笑いのツボに入ったのだろうか。ミコは真剣に唸る。

「私は聖女というものに、神秘的でどこか超然としたイメージを漠然と持っていたのですが……フクマル殿は全然違いますね」

――どうしよう、出しゃばりすぎた⁉

セレスティノのこぼした台詞から、彼の反応は不快が一周回ったことによるものかとミコは狼狽する。心象風景では、頭が床にめり込むほど土下座をして謝り倒している最中だ。

ところが、続くセレスティノの言葉はミコの予想とは違っていた。

「あなたが気立てのいい方でよかった。先ほどの言葉で、色々と報われた気がします」

「……わたし、何か失礼なことを申し上げたのでは？」

「まったく。むしろ勇気づけられました」

ありがとう、とセレスティノからお礼を言われる。

ミコは混乱極まるものの、忌諱に触れたわけではなさそうだととりあえずは肩から力を抜いた。

（これで一安心なんだけど……）

喜色満面のセレスティノは後光が射しているかのように眩しく、ミコは視線を合わせることに苦労する。きらきらを抑えてほしい、切実に。

――その微笑ましい光景を目にした者は、皆が穏やかな顔つきになる。

真顔のデューイと、苦い顔のジルを除いては。

「権威に胡坐をかく横着者はさておき、世辞やおだてに辟易を覚えるまともな人間にミコさまの素直な言葉は刺さるんですよね……意外にも、たらす才がおありかもしれない」

『……ミコの素直さは、たまに恐ろしく厄介だな』

意思疎通などできないふたりの独白が奇跡的に会話として成立していたことを、目を開けていることに四苦八苦するミコは当然知らなかった。

夜になり、ミコの客室でジルは予定を終えた彼女と一緒にくつろいでいた。

ともに過ごす時間は多くても、ミコが予定をこなしているうちはほとんど話せない。夜は夜で、ジルとしては不本意だがミコの傍を離れないといけない状態だ。

だからこそ、ふたりきりでいられるひとときはジルにとって何より重要なものだった。

「それで、そのときセレスティノ殿下と食べたストロベリーのタルトがとてもおいしかったんですよ」

『……そうか。ミコは甘いものが好きだからよかったな』

「はい！　——ところでジルさま、あの」

昼間の出来事を話していたミコがふいに口ごもる。

『ん？　どうした……？』

「この体勢でないといけませんか？　なんというか、近すぎて恥ずかしいです……」

ジルは脚の間に座らせたミコを後ろから抱きすくめ、やわらかい栗色の髪に顔をのせている状態だ。

指をもじもじさせるミコの身体は熱く、頬も耳も真っ赤だ。

だが色々と鬱憤が溜まっているのと、ミコとの触れ合いが慢性的に不足していることもあり、放す気が起こらない。

『……だめか？』

「そ、そんなことないです！」

首をもげんばかりに振って、ミコはジルの腕を両手で遠慮がちに掴む。

恥じらいは捨てきれていないながらも、ジルの胸に身体をもたれかからせようとがんばるミコは健気で愛らしい。

脆くか弱いミコにますます構いたくなる衝動を、ジルは理性でねじ伏せた。

「そういえばジルさま、昼間は何か気に障ることでもありましたか？」

『……どうしてそう思うんだ？』

「ジルさまから不機嫌そうな雰囲気を感じたので。違っていたらすみません……」

――何も違わない。

今朝ミコは起きるなり、ジルに抱きついてきた。

ミコの方から抱きついてくるのは嬉しいことだったのだが、大きな丸い瞳が心なしか潤んでいたのが気がかりで。

恐い夢を見たからだとミコは言っていたものの、そのあともどことなく元気がなかった。

しかしこの国の王子だという銀髪——セレスティノと話しているときは楽しそうだったのが、ジルは気に食わなかったのだ。

(馬の一件からして、あの銀髪から敵意のようなものは感じないし、ミコを丁重に扱っているようだが……)

セレスティノが悪い奴でないとわかるだけに、大事なミコと仲睦まじそうに語らっているのがジルとしては心穏やかではいられない。

ミコがセレスティノと打ち解け、ときおり目を輝かせて見つめているからなおさらだ。

相手が金髪——デューイだと最近はなぜか気にならないのだが。

だがジルも、ミコがセレスティノに向けるのが尊敬や敬意の類だと理解している。

邪念のないミコを気に病ませるわけにはいかない。ジルは仄暗い感情をぐっと呑み込む。

『……不機嫌に感じたのなら悪い。見知らぬ人間に囲まれている状況がどうもな』

ジルはまんざら嘘でもない、もっともらしい建前で本心を隠す。

すると、ミコは首を捻ってジルを視界に捉えた。

「わたしの方こそごめんなさい。最近はそうでもありませんけど、ジルさまがもともとは人間嫌いだと知っていたのに……護衛役だとどうしても表に立たないといけませんから、デューイさんと相談して同行の役目を変更してもらいましょうか？」

気遣わしげに見つめてくるミコの思いやりに、心がじんわりとしたあたたかさに包まれるのをジルは感じる。

ミコはジルを穏やかにさせるのがうまい。……反対に、平常心を乱すのもうまいが。

『……大丈夫だ、ありがとう』

「もし、しんどかったら言ってくださいね」

『ああ』

ジルはミコの髪を梳くようにして撫でる。

春の陽射しのような優しく明るい表情を浮かべたミコは、くすぐったそうに笑う。それをジルはかすかに笑って見てしまった。表情に変化があるのかは微妙だが。

（……このままミコとこうしていたいが）

腕の中にはミコがいて、他愛もないことを話す心地よいこの時間を終わらせたくはない。

心底そう思うが、脳裏に厄介な金色の同胞――もとい、手招くヴィナがちらつく。

城下で買い出しに行ったミコを待つ間、喋りかけてくるヴィナの相手をしていたとき。

――『ミコが寝ちゃう夜は時間があるでしょ？　昔のよしみでお喋りにつき合ってね』

ちょうど時間を持て余していたあのお喋り好きに、これ幸いとジルは目をつけられてしまったのだ。

ジルは言うまでもなく拒否した。けれどヴィナは退くどころか『じゃあ、あなたの過去をミコに喋っちゃおうかしら』と、あろうことかジルを脅迫してきたのだ。

漲る殺気を舌打ちで抑え込めてよかったと思う。やり合ったりしたらミコが悲しむ。

(しかし俺を脅すとは、いい度胸をしている……)

これだから昔馴染みは質が悪い。ジルの痛いところを容赦なく突いてくる。

――否めない強引さは、再会のタイミングが最悪だった、ということも起因しているが。

(あいつら、さっさと仲直りしろ)

胸の内で素っ気なく吐き捨てて、ジルはミコを囲っていた腕を下ろす。

非常に不服だが、ヴィナとの約束をすっぽかすとあとでとてつもなく面倒なことになる。

『……そろそろヴィナのところに行くか』

ため息をついたジルは億劫そうに重い腰を上げた。

「あのっ！」

ジルを追うようにして立ち上がったミコは、咄嗟に自分の手をジルの腕へと伸ばす。

『……どうしたミコ？』

「え、いや、その……」

ジルはおたおたするミコへと躰を向き直らせて、じっと返答を待つ。

ミコを焦らせないための気遣いなのだろうが、静けさが逆に気まずい。

（どうしよう）

嬉し恥ずかしながらも幸せな時間を堪能していたのに、それが突然終わってしまったのが残念で。

ジルが離れていく、――ヴィナのところに行ってしまうとわかるなり、ほとんど無意識にジルの腕を引っ張ってしまった。

そこで我に返ったものの行動に移したあとなので、時すでに遅しというやつだ。

どうした、と言うジルにミコは回答をしなければならない。

ミコは束の間逡巡したのちに、

「ジ、ジルさま、このところほとんど寝ていないんじゃないですか⁉」

『……まあな』

「睡眠不足は躰に悪いので、今夜はゆっくり休んだ方がいいんじゃ、ないかなって」

「行かないで」という本音をひた隠しにして、ミコはジルを案じるという態を取ってしまう。我ながら狡いという後ろめたい気持ちから、語尾にかけて声がしおれていった。

けれど――

『心配いらない。俺は数カ月不眠不休だろうが飲まず食わずだろうが、問題なく動ける』

だから安心しろ。ジルはミコの頭を優しく叩く。

ジルはミコの言葉を額面どおりに受け取ったようだ。至極もっともな返しだというのに、ミコは少なからずショックを受けた。

『それよりも、行かないとヴィナがのちのちうるさいからな……』

「そう、ですか」

――心のどこかで。

言葉の裏に気づいてと願ってしまっていた。そしてそれが叶わず、勝手に気落ちしている。

率直に口に出す勇気もないくせに、ジルに期待して委ねてしまっていた自分にミコはここで初めて気づき、愕然とした。動揺から動悸が激しくなる。

(だめ、笑わないと)

ただでさえ感情が表に出やすいと言われるのだ。こんな濁った気持ちを表情に出しては、絶対ジルに訝られてしまう。

だからといって、寄る辺ない気持ちを訴えることなどできるはずがなかった。

子どもみたいなことを言って呆れられたくない。ジルに離れていかれるのが嫌だから。

いじましい感情を押し込めて、ミコは顔が引きつらないよう精一杯の笑顔を作る。

「ジルさま、……いってらっしゃい」

『——……ああ』

少し目を瞠ったものの、ジルは窓に手をかけてそのまま闇のような夜を音もなく駆けていった。

遠ざかっていく背中を、ミコは窓辺から悄然と見続ける。

（……本当に、なんなんだろうこの気持ち……）

ジルがヴィナの名前を呼ぶと、呼んでほしくないと思ってしまう。

そんなことを考えたくない。心をささくれさせるもやもやだって消したいのに、胸の奥の方でけぶるそれはどうしても消えてくれなかった。

（胸のあたりが、重たい）

肝心なことを自分の中にある臆病さが邪魔をして伝えられないせいで、ただ心が苦しくなっていく。

荒々しさが潜む熱をもった感覚はじりじりと増してきていた。どう扱えばいいのかと、ミコは考えあぐねてしまう。

大きな戸惑いと独りになった寂しさを胸に抱いて、手に余る感情についてあれやこれやと考察しているうちに夜は更けていく。

——そしてその夜、ジルは戻ってこなかった。

夜が明けきる前の薄暗い時間。ミコは天蓋付きベッドから抜け出した。

一人でも着られるドレスに着替えて、三階の客室から一階へと下りていき、近くの歩廊から夜の静けさが残る庭園へ出る。

手近なベンチに腰かけたミコは、露を含んだ芝生をぼんやりと見つめた。

（ジルさま……どうして、まだ戻ってこないの？）

昨夜もヴィナのところへ赴いていたけれど、ミコが目覚める頃には帰ってきていた。ベッドに腰かけて『おはよう』と、穏やかに朝の挨拶をしてくれたのに。

未だにジルの姿はどこにもなかった。

ミコは一睡もしていないので、途中で帰ってきていたということもありえない。

（まさか、まだヴィナさまのところに？）

夜を徹して語り合い、ふたりで照り渡る朝の光を浴びるということなのか。

ヴィナに頬をつつかれて、ジルはそれを振り払って。でもヴィナは笑顔のままでもう一度――頭の片隅から離れない光景がさらにいちゃいちゃ度を増した妄想となって、ミコの脳内で止まらなくなる。

――ヒュン、ヒュッ。

静寂が満ちる中、かすかに聞こえたのは空を裂くかのような音。

なんの音だろうと、ミコが加速する妄想を中断して視線を上げてみれば――

「……フクマル殿？」

「セレスティノ殿下！　お、おはようございます」

刀身が銀色の長剣を鞘に収めながら近づいてくるセレスティノの息が上がっている。

さっきの空を裂くような音は、どうやら素振りの際に出ていたもののようだ。

「人の気配がしたように思ったのですが、まさかフクマル殿とは思いませんでした。こんな朝早くにどうしましたか？」

「外の空気を吸いたくて。申し訳ありません、邪魔をするつもりはなかったのですが」

「ちょうど上がるところだったので、気にしないでください」

セレスティノは腰に巻いた剣帯に剣を佩くと、タオルで汗を拭う。

「セレスティノ殿下はいつもこんな朝早くに鍛錬を？」

「そうですね、触っていないと感覚が鈍ってしまうので」

こんな見るからに重たげなものを軽々と操れるなんてすごい。ミコはそっと感心する。

「ところでフクマル殿、元気がないようですがいかがされました？」

「いえ、なんでもありません」

ミコはかぶりを振ったが、セレスティノは微笑んだまま食い下がる。

「なんでもなければ、そのようなこの世の終わりのごとき面持ちにはならないのでは？」

「えっ、そんな顔していますか⁉」

「よければ手鏡をお持ちしますよ」

冗談めかす余裕まであるセレスティノの方が一枚も二枚も上手だ。

やわらかい追及から逃れることはできなさそうだと、ミコははぐらかすことを諦めた。

「……感情を顔に出さないのって、難しいですね」

指で顔をまさぐるミコの隣に座ったセレスティノは、聖母顔負けの優しい笑みを見せる。

「何か悩みがあるようなら、お話を聞くことくらいは私にもできますよ」

「お気持ちはありがたいのですが、セレスティノ殿下に聞いていただくようなだいそれた悩みではないので……」

「ですが、フクマル殿は何か悩んでいらっしゃるのでしょう？」

「……はい……」

「悩みの程度はありますが、誰かに話すだけで楽になることもありますよ」

(たしかに)

セレスティノの言うことはもっともだ。

考えて悩んで、それでも答えが見つからないとき、ミコは家族や友達に相談していた。

誰かに話す。そんな当たり前のことに気づけないほど、ミコは思いつめていたようだ。

王子とはいえ十五歳の少年に諭されるとは、なんとも不甲斐ない。

（でも恋愛相談を一国の王子さまにするのはどうなの？）

不敬にあたりはしないかと、ミコが眉根を寄せて難しい顔をしていれば。

「フクマル殿の悩みとは、恋愛に関することでしょうか？」

胸中を読み取ったかのようなセレスティノの発言に、ミコは目を白黒させる。

「ど、どうしてわかるんですか⁉」

「年頃の乙女の悩みは体重の増加か恋愛ごとと相場は決まっている、と教わりましたので。ですからどうぞ、心おきなくお話しください」

教科書に絶対載っていない知識を年若い王子に教えたのは誰？

「……なんと言いますか、大切なひとが自分以外の女性と一緒にいるのを見て、こう、胸がざわつくような感じを受けたり、気持ちが乱れてもやもやしてしまうことがあって」

「はい」

「その女性はわたしよりも相手とお似合い、だから……」

しまい込んでいた不安をつらつらと挙げていくごとに、積もっていた不安だとか、寂しさだとかが胸のあたりに込み上げてきて、瞳が涙で曇ってくる。

泣き顔を見せまいとうつむいた拍子に、涙がこぼれてしまった。

「本当にとても釣り合っていて、……わたしなんかよりも、ずっと」

「なるほど。つまりフクマル殿はその女性に嫉妬されたのですね」

…………今なんて？

十五歳のセレスティノが何気なく選択した単語が思いもよらないもので、ミコは涙に濡れた目をぱちぱちさせてしまう。

「私はそういった経験がないので、たいしたことは申し上げられないのですが」

「待ってくださいセレスティノ殿下。その、……これって嫉妬なんですか？」

「以前教えていただいた男女の痴情のもつれの例と同じですから、そうではないかと」

ついさっきのことといい、教えたのは王城の高潔な教師ではなさそうだ。

いや、今はそんなことよりも。

（嫉妬……嫉妬ってあの嫉妬？）

言葉としては知っているが、元の世界では恋愛に縁遠かったので完璧にスルーしていた。でも言われてみれば、恋愛ごとにはつきものと言っても過言ではない気がしないでもない。とはいえ真正面から突きつけられると、いろんな意味ですごすぎる言葉だ。

「……嫉妬って、精神に対する攻撃の威力がとんでもない一言ですね……」

「ちなみに、嫉妬は愛の隣人だそうですよ」

さっきから本当に誰、王子に俗っぽい知識や恋の哲学めいたことを吹き込んだのは。

しかしながら、セレスティノの発言を受けた今となっては、もやもやした感情の名前にそれは寸分の隙もなく収まっていた。

正解だと、自分の中の誰かが囁いてくる。

（そっか、わたし、嫉妬していたんだ）

「——セレスティノ殿下の言うとおり、わたしはその女性がとても魅力的だから、隣を奪われてしまうんじゃないかって不安だったんだと思います」

「知識のみの私が助言できるとすれば、『口にしてこそ想いは正確に伝わる』くらいですね」

肩を落として白状するミコに、セレスティノは教えを説くように語りかける。

「『言葉にしなくてもわかってもらえる』という常套句は、相互理解においてはただの怠慢だと私は思っています。心の結びつきがいかに強かろうと、相手の想いを完璧に把握するなど無理なのですから」

それが直情的な恋愛ならばなおさらです、とセレスティノは言を継ぐ。

「伝える術があるならきちんと話し合う。シンプルですが最も大事で有効ではないかと」

「……そのとおりですね」

幼稚で暗い気持ちをひた隠して、聞き分けの良いふりをした。けれど結局は悶々として、不安が積み重なるだけだったのだ。

（セレスティノ殿下に話したからかな、曇っていた胸の中が晴れた）

ミコは頬を伝う涙を手でこすって、膝を伸ばす。

「ありがとうございました、セレスティノ殿下。話を聞いてくださったおかげで、元気になりました！」

「お役に立てたのならよかったです。フクマル殿には笑っている顔が似合いますから」

そう言いながら、セレスティノがミコと向き合うように立ったときだ。

『——何をしている』

突如として頭上が暗くなり、上から人影と低い美声が落ちてくる。

後ろから腰に巻きついてくる力強い腕の感触を、ミコはよく知っていた。

「ジルさま！」

『お前がミコを泣かせたのか』

首を斜め上に捻って仰ぎ見たジルは、鋭い眼光でセレスティノを睨めつけていた。敵認定した相手への目つきにミコは慌てる。

「違いますジルさま、セレスティノ殿下は何も悪くなくて！」

『……ミコはこいつを庇うのか？』

問いただすようなジルの語気がいつもより強い。

眉間にはシワが寄っていて、不機嫌そうな気配が空気中で舞っているのが見える気がする。

なぜジルが不機嫌なのかが、ミコにはわからない。

（というか、原因はジルさまなのに！）

どうして自分が浮気現場を押さえられたような心境にならないといけないのかと、ミコは無性に腹が立った。

「わたしが泣いたのはジルさまのせいです！」

ジルに狙いすまして言い投げたミコは彼を見据え、逞しい胸をぽかぽかと叩いてみせる。

ミコの反応が予想の斜め上だったようで、ジルは『……は？』と困惑一色の声をもらして、落雷をまともに喰らったかのように目を見開いたまま固まった。

「——黒髪の護衛の方は、人間ではなかったのですね」

「⁉」

さして動揺した様子も見せずに、成り行きを静観していたセレスティノが口を開く。

ミコは混乱を一生懸命ひた隠しにして、首を左右に振った。

「セレスティノ殿下、彼はご覧のとおり人間です」

「見た目は恐ろしく端正な顔立ちの青年ですね」

『………』

穏やかなまなざしを向けてくるセレスティノを、ジルは訝しげに眉をひそめて見返す。

「ですが、今耳にした彼の言葉が私には解りませんでしたし、上空から空気を裂くような速度で降ってきたにもかかわらず、気配も足音もしませんでした。いくら身体強化の能力を持っていようと、人間業ではありません」

「それは……」

「その姿が能力だと仮定すると、能力を持たない動物ではない。彼は幻獣ですね？」

確信の滲んだはっきりした弁だ。

ミコがいくら言い訳を並べ立てようと、聡明なセレスティノを欺くことは難しいように思われた。

「……セレスティノ殿下が言うように、彼は幻獣です。人形になれる能力があるので、護衛としてついてきてくれました」

さすがに竜であることはぼかしたけれど、ミコは話せる範囲で事実を言上する。

「黙っていて申し訳ありません」

——正体がバレたからには、お咎めを受けるかもしれない。

ミコの指先が少なからず震えた。デューイやアンセルムたちにも迷惑をかけてしまうことを考えると、心苦しくなる。

「……フクマル殿、どうか顔を上げてください」

深く謝罪するミコに、セレスティノは優しい声音で促す。

顔をこわごわと上向かせるミコと目が合うと、セレスティノは鷹揚に笑った。

「私にはあなたを叱責するつもりなど毛頭ありませんよ。今の様子からすると、彼は恋仲であるフクマル殿がただ心配でついてきただけでしょうから」

「っ、ええと……」

言い当てられて、ミコは頬を赤く染めて言い淀む。

「これほど愛されるのはフクマル殿が素敵だからです。自信を持ってください」

セレスティノは双眸をゆるく細めて、爽やかな語感でこっぱずかしい声援を送ってくる。

年下の少年からの励ましが嬉しいやら恥ずかしいやらで、ミコは肩をすぼめた。

「私はお邪魔でしょうから、これで失礼します」

「セレスティノ殿下！　あの、彼のことなのですが……」

もちろんとばかりに、セレスティノは左眼を閉じる。

「正体については秘密にします。代わりと言ってはなんですが、一つお願いしても？」

「？　なんでしょう？」

「フクマル殿、私の友人になってもらえませんか？」

セレスティノからの申し出にミコは目を瞬かせる。友人って、あれだよね？

「わたしは物珍しい能力があるだけで貴族でもなんでもないのに、いいんですか……？」

「たとえ能力がなくても、私は飾らない人柄のフクマル殿と友人になりたいです」

歳に見合う自然な表情で即答するセレスティノ。益も何も関係なく、純粋にミコと友人になりたいと言ってくれているようだった。

いいのかな、とミコが悩む時間はそう長くなかった。

「わたしでよろしければ、ぜひ」

「ありがとうございます！　手始めに、ミコと呼ばせてもらってもいいですか？」

「もちろんです」

「ミコも私のことを名前で呼んでください。また何か相談があれば、いつでも言ってくださいね！」

まるで誕生日の贈り物に歓喜する子どものように嬉しそうに笑って、セレスティノは建物へと走り去っていった。長剣を携えているのに足が速い。

そしてこの場にはミコとジルだけが残る。

『……一度、部屋に戻るか』

淡い栗色の髪が、冷えた風をはらんで揺れた。

「……そうですね」

とりあえず、そういうことで意見が一致した。

四章　仲直りは波乱の幕開け

まだ起きて動き出すには早い時間のためジルは人目を忍んで窓から。ミコは誰に見られてもいいように、出て行ったときと同じく一人で扉から部屋に戻った。

先に着いていたジルは腕を組んで窓に寄りかかっている。

『……ミコ』

「……ジルさま、あの……」

どうしよう、互いにひたすらぎこちない。

ついさっきの痴話喧嘩めいたやりとりのせいで、ふたりきりの密室になんとも気まずい空気が流れる。

「『…………』」

落ちた沈黙が耳に痛かった。

（ここで怖気づいてどうするの！）

——大丈夫、余裕。あと女は度胸！

おまじないと、わずかに改変した昔からの名言で自らを鼓舞し、ミコは逃げ出しそうな足をジルのいる窓辺へと進める。

「さっきは叩いてすみませんでした。……あと、おかえりなさい」

きゅっとスカートの裾を握り、ミコは勇気を振り絞ってジルをまともに見る。

ジルは一瞬、瞠目して――

『……ただいま』

ほっとしたような、いつになくやわらいだその表情に、胸がきゅんと鳴る。

『さっき、ミコが泣いていた理由が俺だと聞いて驚いた。……悪い、理由を考えてみたが、どうしても答えが浮かばない』

告げられた謝罪と、無表情の中にはらむ憂いの影から、ジルが悩んでいたことがうかがい知れる。

ジルは一歩ミコに近づいて、視線を注いできた。

『ミコのことをわからないままでいたくない。俺が何かしたのなら謝るから、教えてくれないか……？』

切なさが宿る真剣な瞳に、ミコの胸はひどく疼いた。

威風堂々とした幻獣の王者にこんなことを言うのは失礼かもしれないが、……不安げな一面を覗かせるその様子が、迷子になった子犬のように見えてしまった。

乙女心を貫かれたミコは頬を赤らめて身悶える。

（違う違う、ギャップにときめいている場合じゃなくて）

ジルは真摯に己を顧みてくれた。ならばミコも、ジルに真摯に答えないと失礼にあたる。

ミコは唇を一回引き結び、鼻から大きく息を吸う。

「……隣に、座ってください」

ベッドに座ったミコが隣をぽんぽんと叩くと、ジルは上着を脱いで腰かけた。

――恋仲とはいえ、（見た目は）若い男女が夜明けに一つのベッドにいる。

ミコが覚醒しているぶん、添い寝とはまた異なるとんでもない状況な気がした。が、ここで変に意識してしまわないよう、ミコは普通に普通に……と胸の中で一心不乱に反芻する。

「――ジルさまと対等に話せる相手って、貴重じゃないですか」

『たしかにそう多くはないな……』

「だからですね、その貴重な相手であるヴィナさまとの仲を邪魔したくなかったんですが」

「が」の続きを喋る前に、ミコはすうっと息を吸って吐く。

「……本音では、夜にジルさまがヴィナさまのところに行ってしまうのが寂しくて、……嫌、だったんです」

告白を重ねていくごとに募る恥ずかしさで無意識に首を屈めていくミコは、隣のジルが非常に珍しく目を丸くしていることに気づかない。

「ヴィナさまの名前を呼んでほしくなくて、胸がもやもやして苦しかった。そんなときにジルさまが帰ってこなくて。――おふたりがとてもお似合いであることに一方的に嫉妬して、隣を奪われてしまうんじゃないかって不安だったんです」

洗いざらい喋ってしまったところで、再び沈黙が訪れた。

子どもじみていると呆れられたのかもしれない。うつむくミコが、罪人が沙汰を待つ心地で不安に苛まれていれば。

『……そうか、ミコはそんなふうに思っていたんだな……』

……声が微妙にこもってる？

なんだか気にかかったので、ミコは不安を圧しておそるおそる顔を持ち上げる。

上げたと同時に目が飛び出るほど驚いた。――あのクールなジルが肩を震わせながら笑っていたのだから！

「ジルさま？　どうして笑っているんですか？」

『いや、悪い。ミコが俺のことを好きなんだと改めて実感したら……嬉しくてつい』

ひそやかな声音で言うと、ジルは顔に笑みをたたえた。

照れくさそうな、嬉しそうな、滅多に見られないその表情からミコは視線を逸らせない。どくどくと鼓動がうるさいくらい騒いで、耳が壊れそうだった。

(ただでさえかっこいいのに、そんな表情するのはずるい！　ああもう、わたしの顔、とんでもなく真っ赤になってる気がする！)

大混乱真っ最中のミコに、笑いを収めたジルはいつもの無表情で言い放つ。

『——俺は言うまでもないが、ヴィナも俺をそういう対象として絶対に見ない。あいつにはルーアという、同じキャスパリーグの番がいるからな』

「つ、番!?　ヴィナさまとルーアさまがですか!?」

『ミコはルーアを知っているのか……？』

「あ、はい。一昨日、買い出しをしているときルーアさまとゼフィくんに会いました」

『ゼフィ……ああ、ルーアの従魔のサンダーバードか』

「そうです。でもあの姿だと、ヴィナさまとルーアさまは結構年齢差があるんじゃ？」

『ヴィナは二百四十歳、ルーアは百十二歳。俺とミコほどじゃないだろう……？』

まさかの衝撃事実発覚にミコは仰天する。

ヴィナに伴侶がいるとは思いもせずに、過剰に意識をして煩悶していた自分が猛烈に恥ずかしくなってきた。穴があったら頭から飛び込みたい！

『ヴィナとのことでミコが不安になると思い至らなかったことには反省するが、俺は夜の間はただ延々とヴィナの愚痴を聞かされていただけだ』

「愚痴？」

『……いや、あれはただの悋気だな……』

ぼそっと何か言ったようだが、ジルのぼやきは小さくて聞こえない。

『言い訳になるが……昨夜はミコが別れ際に見せた、触れただけで崩れそうな儚い笑みが頭に焼きついて離れなかったんだ』

そのことが気がかりで上の空でいたのをヴィナに見抜かれた。

よって、ただでさえ長いお喋りに説教まで追加されたものだから、解放されるのが朝になってしまったらしい。

『本気で面倒だったが、俺がミコに知られたくない過去——子ども時代を喋るとヴィナに脅されていたから、断れなかっただけだ』

思いがけないジルの暴露に、ミコは何度となく瞬いた。

言わずもがな、ジルに子ども時代があったことに対する驚きではない。

「ジルさまは、わたしに子どもの頃の話を知られるのがそんなに嫌だったんですか？」

『……嫌に決まっているだろう。ラリーにくっついてべそをかいていた格好悪いあの頃のことを、ミコに知られるなんて』

最後の方は拗ねたように言って、視線を斜め下に落とすジル。

照れ隠しのようなその仕草が可愛くて、ミコは喉の奥で笑いを噛み殺そうとする。

あのとき、ジルから一線を引かれたように感じたのは年上らしい見栄が原因だったみたいだ。

『……そこまで必死に笑いを我慢しなくていいぞ』

「ごめんなさい。けど、格好悪いだなんて思いませんよ。むしろ生まれたときから完璧だと思っていたジルさまの可愛い一面が知れて嬉しいです」

『一つ聞きたいんだが、なぜヴィナのことを今日まで言わなかったんだ……？』

率直なジルの意見にミコはうぐっ、と苦しげに呻いた。

「………幼稚なことを言ってジルさまを困らせたくなかったし、嫌われるのも恐くて」

『何を言われても俺はミコを嫌いになれない』

二百三十八歳の厳かな貫禄と漢気溢れる台詞に惚れ直しそうになる。

『……ただ、嫌われるのが恐いと思うのは同感だ。俺もミコに嫌われるのは恐い』

ジルが吐露したらしくない弱音に、ミコは耳を疑った。

（恐い？　あのジルさまが？　わたしに嫌われるごときで？）

『今朝部屋に戻ったときにミコがいなくて、……庭でミコが俺のせいで泣いていると知ったとき、嫌われたのかと思ったら背筋がぞっとして動けなくなった』

「⁉　う、嘘ですよね？」

『嘘じゃない。心臓も痛かったしな……』

己の行動がそこまでジルを追いつめていたなどとは思いもせず、焦ったミコは切羽詰まった表情でジルの腕に取り縋る。

「あのっごめんなさい！　ジルさまを傷つけるつもりなんてなかったんです！　わたしもジルさまを嫌いになんてなれませんし……ジルさま以外の誰かを好きになることも、ないので……」

途切れ途切れの声で乙女の操を立てるミコは、顔だけでなく首まで真っ赤に染まる。

『俺もそうだ。……ミコがたとえ人間がいいと言っても、もう手放してやれない』

ミコを愛おしむようなまなざしで見つめながら恋心を語るジルは、栗色の髪を優しくも艶っぽい仕草で撫ぜる。それがまたミコの体温と心音を跳ね上がらせた。

『──白状ついでに言っておく』

言うや否や、ジルにうなじを抱き寄せられてしまった。

彼を仰ぐ状態で顔を固定されてしまえば視線を外すこともできず、近すぎる距離にミコは息を呑んだ。

『ミコが俺のことを不機嫌そうだと言っていたが、あれはミコがセレスティノとかいう王子と仲良くしていたせいだ』

「⁉　セレスティノ殿下は優しくて努力家なので尊敬はしますが、それだけですよ⁉」

『俺はミコが他の男を褒めるのも、親しげにしているのも気に入らない。……ミコにその気はないとわかっていても不快になるんだよ』

独占欲をあらわにするジルの深紫の瞳の奥に、獲物を捕らえる肉食獣のような獰猛さが灯る。今にも食べられてしまいそうで、恐怖とは毛色が異なる何かでミコの肌が粟立つ。

『ミコだけを一途に想うこの気持ちを疑われるのは、よくよく考えると心外だな』

「いえあのっ、疑っていたとかではなくて！」

『だが不安だったんだろう……？』

額と額がぶつかり、ジルの吐息が唇をかすめる。

あと少し彼が顔を下向かせれば、お互いの唇が触れてしまいそうだ。

(どうしよう、どうしたらいいのっ⁉)

ジルとの間にこもる空気の甘さと濃密さのせいで、ミコはもはやパニック状態だ。

羞恥で息が上がってしまって、呼吸さえままならない。

『俺はミコしか見ていない。……愛情が伝わっていないなら、伝わるまで好きだと言い続けるが？』

腰が立たなくなる誑かしじみた台詞を、その低くて甘い美声で囁かれるのは心臓に悪すぎる。

「そんなことをされたら、心臓が破裂してしまいます……」

『ならこのまま見つめ合っておくか……？』

（もっと無理ですから！）

ジルの惜しみない愛情表現は色恋に耐性のない身には恥ずかしくて、胸がどきどきしすぎてどうにかなってしまいそうだ。

それなのに……心のどこかで喜んでしまっている自分がいる。

こんなわがままで欲張りな想い、とても人には言えない。

ましてやジルにはもっと言えない。

（言ったら、絶対に構い方がますます過剰になる！）

嫌だなんて思わないけれど、身が持たないのは自明だ。

あと今はひとまず、この捕らわれた状態をなんとかしないと羞恥が臨界を突破しそうだった。ミコは身をよじってジルに切実に訴える。

「十分すぎるほど伝わりましたからお願いです、もう放してください……」

『可愛いおねだりは聞いてやりたいところだが、却下だ』

（あれ、デジャブ⁉）

あのままだと腕の中から解放してもらえないと踏んだミコは、苦肉の策として「ソラく

んたちのお土産を買いに行きたいです！」と、ジルを外に連れ出す作戦に及んだ。

結果としては、ジルから渋々ながらも諾をもぎとったので、一応は成功である。

「――観光ですね、わかりました。気をつけて楽しんできてくださいね」

デューイに伝えると、快く承諾してくれた。

「ただ午後からは視察の予定がありますので、それまでにはお戻りを」

デューイが言うように、今日の午後からはマーレ王国の見どころの一つ、過去の栄光が偲ばれる古代遺跡を視察する予定となっていた。

昨日からは各国よりの賓客も到着し始めたとかで、そちらの方々も一部視察に参加するとか。

（わたしの心臓はもとより、予定に穴をあけないためにも早めにジルさまの拘束を解いておいてよかった）

「わかりました。じゃあデューイさん、行ってきます」

「いってらっしゃいませ」

デューイの許可が下りたので、ミコはジルと王城を出た。

城門を過ぎたところで、どちらからともなく手を繋ぐ。目的地である城下の目抜き通りまで、ミコとジルは何気ない会話をしながらゆっくりと歩いた。

空には濃い灰色の雲が垂れこめ始めていたが、相も変わらず活気に満ち溢れた喧騒を前に、ミコは思わずこぼす。

「ここはこの賑わいが常なんですね。これじゃ一人でおちおち散策もできない……」

目線をさまよわせるミコの手を、ジルは再び握り直した。

『……押し流されるのが目に見えているから、間違っても一人で散策しないでくれ』

「き、気をつけます」

『ミコはたまに突っ走って平然と無茶をしでかすからな。……目が離せない』

ジルは苦笑するように口元を上げたが、その声色が愉しげなものだったものだから、ミコはへらっと笑ってしまう。

「無茶をするときは、ジルさまに心配をかけない範囲ですむようにがんばりますね」

『……そこは無茶をしないと宣言するところじゃないのか』

「わたしは考えるより先に身体が動くことがままあるので、言いきれないというか」

『………………』

ジルは黙ってしまった。ミコの思考より反射が先んじる行動に思い当たる節がありすぎて、返す言葉に窮している様子である。自分で言っておいてなんだがいたたまれない。

「さっ、ソラくんたちのお土産を買いに行きましょう！」

いたたまれなさを打ち捨てるため、ミコが無理やり話題を変えたそのとき。

『あれ、ミコ？』

後ろから飛んできたのはのんびりした声だ。

振り返ると少年姿のルーアが左肩にゼフィをのせて、こちらに手を振っていた。

『ほんとだ、あのときのちんまり！』

『奇遇だねえ。――え、ジル殿？』

『……久しぶりだなルーア、ゼフィ』

ジルが声をかけると、ルーアとゼフィは揃ってぽかんとした表情になる。こんなところでまさかジルに遭遇するとは思っていなかったのだろう。

先に驚愕から抜け出して、口火を切ったのはルーアだった。

『久しぶりだね、ジル殿。どうしてあなたがミコと手を繋いでいるの？』

『……俺がミコを好きだからに決まっているだろう』

顔をぽっと色づかせて恥ずかしがるミコに向かって、ゼフィが『嘘だろっ⁉』と絶叫した。

『「万能」が代名詞の竜といや、幻獣のトップオブトップだぜ⁉　その王者さまがなんでよりによってちんまりなんかを選ぶんだよ⁉』

『ゼフィは少し黙っていようか』

ミコに失礼千万をかますゼフィを、ルーアはやわらかく窘める。

しかしその背後からは、やはり最上位種とでも言うべきとんでもない圧が放出されている。顔が天使のような笑顔だけにその対比が純粋に恐ろしい。

　ゼフィは日頃の気安さが嘘のように、『はい……』とおとなしい返事をして首をすくめた。

（……普段にこにこしているひとほど、怒らせると恐いもんね）

　普段クールで、怒らせるともっと恐くなるジルもいるけれども。

『ごめんねジル殿、ミコ。ゼフィに悪気はないんだけど』

「いえ、気にしないでください」

『俺たちより先に、謝るべき相手がいるんじゃないのか』

　ジルにぴしゃりと言われて、ルーアの物言いはたちまち歯切れが悪くなった。

『……ごめんね、ジル殿にも迷惑かけちゃって……』

『そう思うならさっさと仲直りしろ……』

　思わずといったふうに恨みがましい口ぶりになるジルが、なぜか遠い目をする。焦点はいずこへ？

『お前らのいざこざのせいでミコに嫌われていたら、俺はこの国を焦土に変えていたぞ』

「？　何かおっしゃいましたかジルさま？」

『……いや？』

　ミコの頭をなでなでする手は優しいし、無表情で端正な顔に変化はないのだけれど。

ジルを包む空気がどうにも暗澹としている気がしてならない。

(こんなジルさまは珍しいな)

『いやもう、本当にごめん……』

肩身が狭そうにため息をつくルーアに、ミコは小首を傾げた。

「ルーアさま、何かあったんですか?」

『……ヴィナと喧嘩しちゃっているんだ。……僕のせいでね』

そう打ち明けてくるルーアは口調こそおっとりしているが、浮かべたその微笑みにはうっすらとした憂いがある。

きっとルーアは寂しくて、悩んでいるのだろうとミコは確信した。

傷心仲間(?)に勝手に認定したルーアへ、ミコはことさら明るくした声で言う。

「ルーアさまにとってヴィナさまは、失いたくない大切な相手ですよね?」

『……うん』

「だったら、想いを口に出してください。言葉にしないと相手にはちゃんと伝わらないって、わたしは実感しました。だからルーアさまもがんばってください!」

にっこり顔でミコが声援を送ると、ルーアは鳩が豆鉄砲を食ったような顔をして——

『あははっ! うん、そうだね!』

直後に笑いが止まらなくなったものだから、ミコは泡を食った。

「えと、ルーアさま?」

『仲直りしたいくせに、変に意固地になってた自分がいかに愚かだったかわかったよ。

――ミコと話せてよかった』

声の調子を真面目なものにして、ルーアは眩しいものでも見るかのように細目になる。

ルーアはそのまま姿勢を正し、改めてミコと正対した。

『ヴィナは失えない一番大切な相手だから、きちんと謝って仲直りするよ』

「その意気ですルーアさま!」

この気合いが届けとばかりに右手を突き上げるミコに、ルーアは噴き出した。

『なんだろう、すっごく元気がもらえた。ジル殿はいい子を見つけたね』

『……やらないぞ』

『恐いから本気の滲む殺気を出さないで。僕がそういう対象として見るのがヴィナだけだって、ジル殿もわかっているでしょう?』

『……まあな』

ジルとルーアのひそひそ話は小さくて、常人のミコの耳に届かなかった。

『ルーア。ヴィナの魔力がこのあたりにあるか探ってやろうか……?』

『ありがとう、ジル殿。でもこのあたりくらいなら僕でもわかるから大丈夫だよ』

「そんなことができるんですか?」

ミコの疑問にルーアがうなずく。

『僕はジル殿みたいに魔力探知が得意じゃないけど、一応ね』

ルーアは言うなり、瞼を閉じて集中する。

さほど間を置かないうちに、ルーアの色違いの瞳が現れた。

『——ヴィナの魔力の気配はなさそうだから、僕はおとなしく森に帰ろうかな。というわけで戻るよゼフィ』

『……うだうだ悩んでたくせに、割とあっさり決心したのな』

『ミコのまっすぐな声援のおかげでね』

ゼフィはすっきりした表情のルーアを数秒見つめて、『ならいいや』とくちばしでルーアの頬を軽くつつく。

『そんじゃ戻ろうぜ。つっても、ヴィナさまはたぶんどっか出かけてると思うけど』

『夜には帰ってくるよ。それまでお昼寝でもしてゆっくり待とうかな』

——待ち方がマイペース「だなあ」『だ』。

ルーアの筋の通ったふわふわぶりに、まったく同じ感想を抱くミコとジルだった。

夜になっても、ヴィナのところへ出向かなかったジルの腕枕で目覚めた衝撃の反動で、ベッドから転げ落ちそうになった翌朝。

（式典前日の今日は、特に予定もないし）

夜には式典を祝うための晩餐会が催されるものの、それまで時間はたっぷりある。

昨夜の晩餐の席でデューイにも、「存分に羽を伸ばしてくださいね」と言われたので。

（明日の式典が終われば帰国するし、最後はマーレ王国の台所っていう市場に行ってみようかな）

もしかしたら、仲直りしたヴィナとルーアに出くわすかもしれない。

今日いるかはわからないけれど、会えたら嬉しい報告が聞けるだろう。

結果を暗示するかのように、昨日の夕方から降り始めた雨も今は上がり、よく晴れている。

ミコは簡単に身支度を整えて、ジルと一緒に客室を出た。

が、王城を出ようとしたところでふっと。

「あっいけない！」

『……ミコ？』

「ちょっと部屋に忘れ物をしたので、取ってきますね！」

ワンピースのポケットに、財布が入っていなかった。

ソラやタディアスたちのお土産は昨日のうちに買ったものの、市場では食べ歩きをするつもり満々だ。

『それなら俺が取ってくる』

「大丈夫です！」

財布は下着もろもろが入ったところにしまってある。つまり、ジルに見られるととっても困るのだ。

「ジルさまは城門のところで待っていてください！」

ミコはジルの返事を待たずに、速足で元来た道を引き返した。

ジルは追ってこないので、ミコの言うとおりにしてくれたようだ。ほっ。

（早く戻らなきゃ。……あれ？）

庭園に沿って延びる歩廊の途中に、二つの人影があった。

どちらも羽織った外套についたフードをかぶっているが、そのうちの一人のフードからちらっと見えたあの銀髪は——

「リオーネ公爵？」

そろりと振り返ったのは、やはりバルダッサーレだった。声をかけたのがミコだとわかると、バルダッサーレはフードを脱いで近づいてくる。

「これはフクマル殿。まだ早い時間ですが、どこかにお出かけですか？」

「市場に行こうと思ったのですが……財布を忘れてしまったので、取りに戻るところです」

間の抜けた事情を明かすミコに、バルダッサーレは「それはうっかりでしたね」と表情をほぐす。

「リオーネ公爵は出張から戻られていたのですね」

「昨日の夕暮れに戻りました。用を済ませているうちに、朝になってしまいましたが」

張りのある声から疲れている感じは受けないけれど、寝不足だからなのか。

この間庭園で会ったときと比べて、バルダッサーレの麗しい顔が心なしか青い気がした。

「ところで、フクマル殿はお一人ですか？」

周囲に目を配るバルダッサーレに、ミコは「いえ」と首を横に振る。

「一緒に行くひとはいるんですけど、城門のところで待ってもらっています」

「一人で出歩くのは物騒ですから、安心しました。楽しんでいらしてくださいね」

「ありがとうございます。リオーネ公爵もゆっくり休息を取ってください」

微笑みながら目礼したバルダッサーレは、もう一人のフード姿の人物――護衛のようだ――を従えて歩廊の先へと立ち去る。

ジルを待たせているミコも急いで、客室へと延びる階段を上った。

財布を取ってから赴いた市場は目抜き通りとは違う区画という立地ながら、すでに活気と人出に満ちていた。

(朝から賑わっているなあ)

視界に入るすべてが食品関連の店舗という市場の入り口にあるのは、新鮮な野菜だ。

知っているものこそ多いが、マーレ王国は温暖なためサイズが大きい。

「ジルさま、このかぼちゃって野菜はアルビレイト王国にもあるんですけど、マーレ王国のものは普通サイズでもかなり大ぶりです!」

『……ミコは抱えられそうにないな』

「たしかに、運ぶには転がすしかなさそうですね」

市場には他にも豊富な魚介に、ショーケースに並ぶいろんなチーズはずっと見ていられる。

「食材とは別に、そこら中の屋台から胃を活発にさせるおいしそうな匂いがしますね! このよりどりみどりの中から何を買い食いするべきか!」

悩ましげに唸るミコの手を握るジルが、ぬくもりのある視線でこちらを見下ろしてくる。

『……いつになく真剣な顔で悩むな、ミコ』

「だってどれもおいしそうですから! でも全部は食べられないし、お肉を使っていないっていう縛りもありますし」

『ミコは肉を食べればいいだろう……？』

「わたしはジルさまと一緒に、同じものが食べたいので！」

胸を反らせたミコの真面目かつ一途な願望に、ジルがくつくつと笑ったときだった。

『――ジル、ミコ！』

頭上から振ってきた、聞き覚えのある可愛さと色気の混じった声。

太陽さえかすむほど燦然と輝く金髪の美女――ヴィナは屋根の高さになんら頓着することなく飛び下り、やわらかなスカートの裾を閃かせながら、女神が降臨するかのような優雅さで着地した。

呆気にとられるミコの前で、ヴィナは白く儚げな手をジルへと伸ばし――

『ルーアがどこにいるか知らない？』

恫喝するチンピラよろしく、ジルの胸ぐらを締め上げるようにして摑んだ。

女神のごとき絶世の美女のいかつい挙動に、ミコは度肝を抜かれてしまう。

『……知らない』

『本当に？　私のルーアをどこかに隠しているんじゃないの？』

『俺がルーアを隠してなんになるんだ……』

『ルーアはこの世で一番可愛くてかっこいいもの。隠したくなっても無理はないわ』

臆面もなく惚気を垂れるヴィナがあまりにも清々しいので、ミコは口を開けたまま彼女をしげしげと眺めてしまう。

(って、間抜け面になっている場合じゃない)

「ヴィナさま、ルーアさまがどうかしたんですか?」

少々興奮した様子のヴィナに落ち着いてもらおうと、ミコは意識してゆったりとした早さで話しかける。

ヴィナはミコと目を合わせた数拍ののち、ジルの胸ぐらから静々と両手を下げた。

『……実はね、昨日ルーアが帰ってこなかったの』

ヴィナ曰く、ルーアたちは、昼間は出かけていても夜には必ず住処の森に帰ってきていたそうなのだ。

ところが、昨夜は姿がどこにもなかったらしい。

『朝になっても、ルーアばかりかゼフィの姿もなくて……昨夜の雨のせいで匂いを辿れないものだから、ルーアたちがよく遊びに来ているここにとりあえず来てみたんだけど』

『……どこか別の場所で休んでいるんじゃないのか?』

『もしそうだとしても、朝には「遅くなってごめんね、ただいま」って、あのふわふわした天使の笑顔を浮かべて帰ってくるはずなのに……』

ヴィナは気丈に振る舞ってこそいるが、その声はかすかに震えている。

陽気な明るさを知るだけに、聞いているミコの胸には刺さるものがあった。

『……ルーアのことだから、何も心配ないとは私も思っているんだけど』

（ヴィナさま）

その憂いを帯びた表情からも、先ほどの不安を押し殺そうとする声音からも、ヴィナがルーアを心配していることが推し量れる。

（普通に考えたら、なんの懸念もないのかもしれないけど）

何せふわふわ美少年ことルーアの正体は、生物の頂点たる最上位種の幻獣だ。

だがいくらルーアが強かろうと、心配はまた別の話。互いに想い合う、大切な相手のことをヴィナが案じるのは当たり前だ。

これがジルであったならミコは彼の身を心配して、血相を変えて捜し回る自信がある。

「――ヴィナさま。わたしは昨日の朝、この城下でルーアさまとゼフィくんに会ったんです」

『そうなの？』

「はい。ルーアさまはヴィナさまに謝って仲直りすると言って、そのまま帰られました」

そんなルーアの姿がないのは変だ。

「ヴィナさま、わたしを住処のある森に案内してくれませんか？　わたしは幻獣だけでなく動物たちとも話せるので、ふたりについての話を訊いてみます」

ミコはヴィナの手を取り、きゅっと握りしめた。

「一緒にルーアさまたちを捜しましょう！」

『ミコ……』

「あ！　でもその前に、デューイさんに王都から出ることを伝えておかないと！」

ジルが一緒なので人攫いの懸念は抱かないだろうが、何かあったのかと心配するだろう。

すぐ戻りますから待っていてください！　ミコは言いながら、王城めがけて一気に駆け出した。

金色の眼を見開いて、その小さな背中を見送るヴィナはぽつりと。

『どうして、人間のあなたがそんなに必死に……』

『……知っている奴のこととなると果敢になって、放っておけない。ミコはそういう奴だ』

すれ違いざま、ジルはヴィナにそう言葉をかけて、ミコのあとを追いかけた。

『キャスパリーグさまとサンダーバードさまなら、昨日の昼ぐらいに見たぜ』『ああ、見た見た。あっちの池の近くだ』『仲良く気持ちよさそうに寝ているのを見たよ』『そういや、人間も何人か見かけたよな』『そうそう。全員布をかぶっていたから顔は見えなかったけ

ど、何日か前から姿を見かけていたよね』

――王都から馬で二時間足らずで辿り着く、摩訶の森と呼ばれるヴィナたちの縄張りで。午後いっぱいをかけて、出くわす動物やら幻獣やらに片っ端から聞き込みをしていったところ、それらしき情報を得られた。

そうこうしているうちに陽が暮れてきたため、ヴィナには「見かけたらすぐ報せます」と約束して、ミコはジルとともに王城の部屋に戻ってきたのである。

（昨日わたしと別れたあと、ルーアさまとゼフィくんが住処の森に帰っていたのは間違いない）

しかしそれならば、あのふたりの姿が見えないのはやはりおかしくないだろうか。

（もう一つ気になるのは、目撃された布をかぶっていたっていう人間たちのこと）

畏怖の対象である幻獣は、その希少性の高さから密猟が絶えない。

ミコは太古の森で実際に蛮行を目の当たりにしているだけに、ルーアたちも、と関連づけて考えてしまう。

「ジルさま、森にルーアさまたちの気配はなかったんですよね？」

『……魔力探知に引っかからなかった』

少なくとも森の中にはいないんだろう、とジルは結論づける。

『これだけではまだなんとも言えないが……やましいことがない人間が幻獣の住処をうろ

つきはしないだろうな』

人間を見かけたという情報だけでは推測の域を出ない。けれど、太古の森で密猟者と接する機会が多いジルもミコと同じ可能性を考えているのだろう。

――わたしたちが森にいる間も、ルーアさまとゼフィくんの姿は影も形もなかった。

『あれ、みんな集まって何をしているの？』と、その辺の茂みから笑って出てきてくれたなら、などと脳内で何度想像したか。

「もしもルーアさまたちが目撃された人間たちに攫われたのだとしたら、その人たちはゼフィくんはともかく、巨大なルーアさまをどうやって森から連れ出したんでしょうか？」

ヴィナの話だと、ルーアは森の中では別形態ではなく、本来の姿を取っているそうだ。

牛よりも大きいということなので、捕まえたあとの運搬方法は限られるだろう。

「ルーアさまがのるような大きい荷車なんて目立つし、かといってそのまま歩かせるなんて密猟を宣伝するようなものですよね……」

『……他者を小さくする《縮小化》の能力持ちがいたんだろう』

「そんなことできるんですか？」

『《巨大化》と《縮小化》は自己作用と他者作用、二つの系統があるからな……』

普通の感覚だと信じられないが――何もないところから水や炎が生み出される様や、大型犬サイズのソラが、逞しい熊のような大きさになる場面をミコは何度も目にしている。

（能力ってたくさん種類があるんだ）

なんの疑念も抱かず受け入れてしまうあたりに、この世界に馴染んだなと感じる。

『俺はそれよりも、仮に捕まったのだとして、ルーアがなぜおとなしくしているのかが気になる。躰を縮小化されて攻撃力が下がろうと、無力になるわけじゃないからな』

「無事、ですよね」

胸に手を当てて表情を暗くするミコの背中を、ジルはあやすようにさする。

『……相手は「不壊」と称されるキャスパリーグだ。不意打ちでも息の根を止めるのは容易じゃない。もし密猟にあったのだとしても、捕縛されていると考えるのが妥当だ』

絶命という最悪の結果にはないようだが、楽観はできない。

まだ決まってはいないけれど、万が一、密猟なんて相手の尊厳を無視した真似をしでかす者たちの手に落ちたのなら、どう転んだところでろくな目に遭わないはずだ。

『……ミコ、俺は夜目が利くからもう一度戻って、森の周囲を捜してくる』

「わたしはデューイさんに少し相談してきます」

明日の式典が終われば、ミコはアルビレイト王国に帰国しないといけない。

だけれども、ルーアたちが行方不明となっているこんな状態では、帰ることなどできそうになかった。

「ジルさま、どうか気をつけてくださいね」

『……ああ』

ジルが窓から颯爽と出て行くのに合わせて、ミコも部屋を出た。

晩餐会までまだ時間があるためデューイ用の部屋に足を運んでいると、ちょうど彼の部下の姿を見つけた。

さっそくミコはデューイの居場所を訊ねる。

「フォスレター秘書官でしたら、今はセレスティノ殿下とお会いになっていますよ」

ご用でしたら伺いを立てましょうか？ 気を利かせてくれる部下にミコは感謝する。

「お願いしてもいいですか？」

「かしこまりました。それではしばし、お部屋でお待ちください」

言われて部屋で待っていると、意外と早く扉がノックされる。

迎えに来たのは見覚えのあるセレスティノの侍従だった。先導する侍従について行くと、応接室の一つに案内される。

室内の天井と壁は白で統一されており、漆喰の天井から吊るされたシャンデリアの真下にある円卓を挟んで、セレスティノとデューイは椅子に腰を落ち着けていた。

「こんばんは、ミコ」

「セレスティノさま、談笑中にお邪魔してすみません」

「中座しようとするフォスレター秘書官を引き留めて、ミコの入室を承諾したのは他ならぬ私ですから。――おや？」

セレスティノは何かを捜すように、琥珀の瞳をきょろきょろさせる。

「黒髪の彼は一緒ではないのですか？」

「今は所用で王城を離れています」

「そうだったのですね」

「ミコさま、私たちと一緒に一つの部屋にいてやきもちを焼かれませんか？」

「へあっ⁉」

動揺のせいで、素っ頓狂な声が出てしまった。

――なんかデューイさんにもバレてる⁉

ミコとジルのあれこれを知らないはずであるデューイの気を回すような台詞に、微笑みと紙一重のにんまり顔。

それらが、ミコとジルが特別な仲だと見抜いているのを物語っていやしないだろうか。

（ええ、どうして⁉）

ジルが幻獣であることを秘密にすると、セレスティノは約束してくれた。彼が情報を漏洩するとは考えにくい。

まさか、昨日の思い出すだけで顔から火が出そうになる密室でのやりとりを、屋根裏から覗かれていたのでは。ミコはある意味大変な不安に駆られた。手汗がすごい。

混乱する頭を今にも振り乱しそうなミコへ、にんまり顔を引っ込めたデューイが近づく。

「ときに、ミコさまは私にご用があると伺いましたが」

「！　はい、少しご相談がありまして」

「立ち話もなんですし、お二人ともこちらへどうぞ」

真面目なデューイの声で我に返ったミコに、セレスティノは向かいの席をすすめる。

デューイと横並びになって座ったタイミングで、ミコの前にあたたかいミルクティーが運ばれてきた。カップのぬくもりに触れると、指先から安らいだ心地が身体を巡る。

（おいしい……）

口に含んだ蜂蜜入りのミルクティーのまろやかな甘さが、聞き込みで酷使した喉を労ってくれた。

「先ほどの相談なのですが、その、もう少し滞在を延ばせないかと思って」

それを聞いたデューイは「滞在を延ばす？」と、首を傾げながら人差し指で眼鏡のブリッジを持ち上げた。

「何か理由がおありなのですか？」

「えーと、……マーレ王国はまだまだ見どころがいっぱいなので？」

勢いのままにここへ来たため、デューイに理由を問われたミコは語尾に「？」をつけて、無意識に目を泳がせる。

　セレスティノは眉間あたりに手のひらを当て、デューイは大仰に息を吐いた。

「……ミコさま。そのように嘘をつく者のお手本のような素振りを見せられますと、秘書官としては見逃して差し上げることが難しいと言わざるをえません」

「あ、うっ」

　言葉につまずくミコに、デューイはゆるりと止めを刺す。

「本当の理由を隠さずに話していただけますか？」

「……はい、実は」

　どうがんばってもデューイに勝てる気がしないミコは、無駄な抵抗はせずに今日の出来事を打ち明けた。

　あえてルーアたちと城下で会ったことには触れずにおく。

　彼らにその気はなくても、強大な力を持つ幻獣に恐れをなす人間の方が圧倒的に多い。

　それなのに、人形とはいえ最上位幻獣がしょっちゅう遊びに来ていますよと馬鹿正直に明かすのは憚られる。住民を震撼させてしまうのはミコとしても不本意だ。

「——というわけで、キャスパリーグさまとサンダーバードくんはまだ見つかっていなくて」

「事情はわかりました。……しかしなんですね」

　ここまで黙聴していたセレスティノが感心したような調子で述べる。

「ミコが『獣使いの聖女』の二つ名を持つとは承知していましたが、まさか最上位種の幻獣とまで交流を持っていようとは驚きです」

「ミコさまの獣脈はとんでもないものがありますからね」

（獣脈って何？）

「私はお目にかかったことはありませんが、最上位種の幻獣の雄壮な姿は素晴らしいでしょうね」

「あははは……」

少年特有の、巨大なもの＝なんかかっこいい認定して憧れているといった風情のセレスティノに、ミコは「すでに最上位種の竜（別形態）に会っていますよ」と、内心でつけ加えて曖昧に笑った。

「ミコさまのお話と希望を要約しますと、消息不明のキャスパリーグたちが見つかるまで帰国を延期したい、ということでよろしいでしょうか」

「そのとおりです」

「承知しました。殿下にはお役目事案発生のため、帰国が遅れると報せを出しておきます」

デューイの決定はあまりにも即行だった。

もっと熟考するとか、他を交えて協議するとかの過程が生じると踏んでいただけに、ミコは唖然としてしまう。

「……デューイさん、そんなすぐに決めてしまっていいんですか？」

「交流のある幻獣の行方の捜索は、『王室特任異類通訳』のお役目範囲内です」

デューイは「それに何より」と弁を続ける。

「ミコさまがその目で無事を確かめたいのならば、私は微力を尽くさせていただくまで」

「ではミコたちの帰国の延期については、私から陛下に話をしておきましょう」

王城にこのまま滞在なさってください。セレスティノからの提案はまったくの想定外だ。

協力の姿勢はありがたいが、理由が判然としない。

困惑の表情を隠せないミコに、セレスティノは心をほぐすかのように優しく、

「私を勇気づける言葉をくれた友人へのほんのささやかなお礼です。彼の幻獣と無事に再会できるといいですね」

「っ、ありがとうございますセレスティノさま、ありがとうございますデューイさん」

純粋な厚意に対する、言葉にできないほどの感謝からうっすらと涙ぐむミコに、セレスティノとデューイは示し合わせたかのように朗らかに微笑んだ。

「しかしながら、今回の訪問の目的である明日の式典にだけは列席していただきます」

デューイは譲れないところだけには、やんわりと釘を刺してくる。

いっそ式典に出ないでルーアたちの捜索を……という不埒な思考がなかったとも言いき

れないので、ミコは少しばかり狼狽えた。さすがデューイさん抜け目がない。

「……もちろん心得ています、デューイさん」

「それはよろしゅうございました」

悪戯の計画がバレた生徒と、すべてお見通しだと牽制する教師の様相を呈するミコたち。

その様子を見て、セレスティノは微笑ましげに笑った。

「ミコは今日お疲れでしょうから、このあとの晩餐会は欠席して休んでください。疲れに効く薬草湯を用意させますね」

「お食事ものちほど部屋に運ばせましょう」

セレスティノとデューイの細やかな心配りに、ミコは身に余るありがたみを禁じえない。

王子と侯爵令息という尊い身分なのに、二人はこんな吹けば飛ぶような小娘の望みを尊び、あまつさえ力添えをしてくれている。

心強いセレスティノとデューイから背中を押してもらえたことで、ミコはより一層気合いが入った。

――大丈夫、余裕！

（ルーアさまとゼフィくんを絶対に見つけよう！）

ミコはおまじないと一緒に、一点の曇りもない誓いを胸に掲げた。

王太子継承披露式典当日。

『……夜には一度戻ってくる』

ジルは朝陽を受ける窓辺に立つと、振り向きざまに言った。

密猟の可能性が捨てきれないことから、未だに見つかっていないルーアたちの捜索にジルは向かうところだ。

ミコはついて行きたい気持ちを我慢して、ジルを見上げる。

「ジルさま、お手伝いできなくてすみません」

『ミコは式典とやらのためにこの国に来たんだ。何も謝る必要はない』

「……ありがとうございます」

『今日はずっと忙しいんだろう……？　終わったらゆっくり休め』

「それはそっくりお返しします。いくら躰が丈夫でも、ちゃんと休まないとだめですよ？」

そう返すと、ジルは身を屈めてミコの左手を取り、自らの頬にそっと添えさせた。

触れられることはあっても、触れることはあまりない。ミコは顔どころか首まで赤くする。

「ジ、ジルさま？」

『顔で直に触ると、ミコの手の温度が俺より高いのがよくわかるな……』

（あなたの接触が原因で今急激に高くなったんです！）

気恥ずかしさからミコは手を引っ込めようとするも、ジルがそれを許さない。

ミコの手の甲に重ねた自分の手に力を込めて逃がさないようにして、ジルは頬をさらにすり寄せてくる。

『……気持ちいい。俺はこうしている方が眠るよりよっぽど元気になる』

甘さに溺れて、窒息しそう！

なめらかで引き締まった感触と、ほのかないい匂いのせいでミコは失神寸前だ。

朝から人様にお見せできないこんな触れ合いは、恋愛初心者の精神衛生上すこぶるよろしくない。著しい羞恥のせいで目に涙が溜まってきた。

「も……」

『も？』

「もうそろそろ……支度に入る時間なので……」

息も絶え絶えに訴えると、ようやくジルはミコの手を放してくれた。

『……じゃあ行ってくる』

後ろ髪を引かれるような声色で言うと、ジルは黒い裾をひるがえして窓から消えた。

ミコはその場にへなへなとくずおれる。

「……ジルさまはわたしの左胸をどれだけ働かせたら気がすむの……」

乱れた息とともに愚痴をこぼすミコは、もう一度ベッドに戻って精神力を回復したいと切に願うのだった。

式典が開かれるのは王城の大広間。

会場の一面に広がった磨き抜かれた寄木細工の床は、庭園に面して設けられた大きな窓からの光を受けて、鏡のように輝いている。

絢爛豪華な装飾の室内に、この日は彩り豊かな布や花がふんだんに飾られていた。

空は目にしみるような晴天で、爽快な風が樹々をゆるやかに歌わせる。

天が祝福しているような陽気の中で、式典は粛々と執り行われた。

左右に居並ぶ列席者たちの視線の先には、凝った形に結い上げられた銀の髪に王冠を戴く女王と、その前で跪き、恭しく首を垂れるセレスティノがいる。

（……綺麗……）

音を攫ったかのような独特の静寂と張りつめた空気に緊張していたミコだが、壮麗な絵画を想起させる美しい親子の姿に感嘆の息をもらした。

(式典が始まるまでは、ルーアさまたちのことで気が散っていたけど)

めかし込んでいる場合じゃないのではと、ミコの頭には自問自答がずっと回っていた。

デューイに釘を刺されていたものの、やはりジルを追いかけたいという考えを振り払った回数は両手で足りないぐらいだったのだが。

今はセレスティノの門出となるこの場に立ち会えて、本当に光栄だった。

「我が王太子として、第一王子セレスティノを指名するものとします」

女王の凛とした落ち着きのある声が会場に響き渡り、鼓膜を揺らす。

「謹んで承りたく存じます」

セレスティノから静かな言の葉が落とされる。決意を腹に据えたように強く、しかし耳に心地の良い声が響くと、会場は一瞬静まり返ったのちに大きな拍手に包まれる。

ミコも祝福の気持ちを込めた拍手をセレスティノの背中に贈った。

格式ばった式典を終えた大広間は、夜には夜会の会場へと様変わりする。

灯りによって煌めく会場には豪奢な花姿の薔薇が至るところに飾られていた。国中の薔薇をかき集めたようなおびただしいその量と芳しい香りにミコは圧倒されてしまう。

(……別世界すぎて目が回りそう)

ミコはよろめきそうになるのを根性で堪える。

万が一にも、どこかにこの高価なドレスを引っかけるようなことがあってはならない。

ミコが身にまとうのはビロード色のドレスだ。胸元の繊細なレースと、裾に花模様が浮き上がった清楚で可憐な意匠だが、昼間のそれに比べると首元や腕の露出が増える。

（全身の合計金額は、いったいいくらになるんだろう……）

ドレスは言うに及ばず、涙型のネックレスとイヤリングに使われているダイヤモンドは本物だ。庶民のミコは歩くだけでも心臓がバクバクする。

「フォスレター秘書官殿だ。連れているのが噂に聞く『獣使いの聖女』か？」

「マーナガルムを調伏したという噂から、どんな勇ましい女性かと思っていましたけれど、存外年若く華奢なご令嬢ですこと」

重厚な装いの御仁や、麗しい花のごとき出で立ちの貴婦人から値踏みするような視線をいただくも、当のミコは場慣れしていない緊張からそれらに気づくことはなかった。

「ミコさま、まずは夜会の主催者であるセレスティノ王太子殿下にご挨拶致しましょう」

「わかりました。えーと……」

「人垣があるので、あちらのようですね」

小柄なミコは確認できないのだが。デューイの実況によると、セレスティノは賓客に囲まれているようである。

そのデューイは夜の盛装によって持ち前の華やかさがさらに上乗せされ、この絢爛たる場でも目立っていた。

さっきから、年頃のご令嬢のものと思われる針のような視線が背中に刺さって痛い。

「フクマル殿、フォスレター秘書官殿」

黒の美々しいアンサンブルと、それに合わせた黒のリボンで銀髪を結んでいるセレスティノはミコたちを視界に入れると、わざわざ歩み寄ってきてくれた。「ミコ」ではなく「フクマル殿」呼びなのは、衆人環視の中であることに配慮してのものだろう。

「このたびの王太子位ご継承、誠におめでとうございます、セレスティノ王太子殿下。謹んでお祝い申し上げます」

デューイは胸に手を添えて流れるように一礼し、ミコもお辞儀をした。

「おめでとうございます」

「ありがとうございます。お二人とも、今宵の夜会をぜひお楽しみくださいね」

セレスティノは大らかな笑顔でミコたちにそう言って、また人の輪の中に戻っていった。

本日の主役であるセレスティノと言葉を交わそうとする紳士淑女は引きも切らずで、セレスティノはそのすべてに高貴な物腰と微笑みで応えていた。本当に恐れ入る。

——深く感じ入っているミコの傍らで、デューイは。

「まあ、フォスレター秘書官ではありませんの」

「フォスレター秘書官、ご機嫌よう」

「お久しぶりですわ、フォスレターさま」

「これはこれは、久々に皆さまの花の顔を拝見できて光栄です」

「「「きゃ――――――っ」」」

デューイが微笑めば、老若問わず女性たちから興奮含みの絶叫が上がる。

抑制された華のある美男かつ紳士然としたデューイは、ご婦人受けがかなり良さそうだ。

（下手に口を挟んだら、馬じゃなくて女性陣に蹴られそう）

触らぬ神に祟りなしとばかりに、ミコはその場から距離を取って壁際に身を置く。

（……ルーアさまたち、見つかったかな）

一人になると、気がかりなルーアとゼフィのことが頭をよぎる。

今頃ジルは機動力を駆使して、ルーアとゼフィたちを捜しているはずだ。ヴィナにはルーアたちが帰ってきたときのために、念のため摩訶の森で待機してもらっている。

（強大な力を持つふたりは、その気になれば一国を滅ぼすことはできるかもしれないけど）

目的は「ルーアとゼフィの捜索」だ。なんの手がかりもなしに、この広いマーレ王国から彼らを見つけ出すのはさすがに困難だろう。

何せ摩訶の森の外に幻獣は皆無らしいので、ジルは情報を聞くことができないのだ。

（摩訶の森の中にルーアさまたちはいないって、ジルさまは言っていたし）

（もし今夜見つからなかったら、明日はその周辺にいる生き物たちに話を聞いてみて）

と、ミコが思索に耽っていたところで。

「ご機嫌よう、フクマル殿」

気さくに笑いかけてきたのはバルダッサーレだった。深い青と華やかな装飾の装いがダークブルーの瞳によく映えている。自らの魅力と見せ方を彼は熟知しているようだ。

ミコは意識をバルダッサーレに傾ける。

（リオーネ公爵、お疲れ気味っぽい？）

昨日よりも、バルダッサーレの顔色が青いように感じた。

ダークブルーの瞳の下にはクマがうっすらとだができている。

「ご機嫌よう、リオーネ公爵」

「今宵は一段と可憐ですね。まるで露に濡れた清楚な白薔薇のようです」

「っ、そんな、滅相もございません……」

歯の浮くような社交辞令を、微笑んで受け流すという淑女の技術を習得していないミコは、どうしてももたついた返事になってしまう。

「フォスレター秘書官殿は相変わらずの人気だ。――歌劇場や庭園でお見かけしたときは黒髪の麗しい護衛をお連れだったかと思いますが、本日は見当たりませんね？」

「はいっ、か、彼には別の仕事を頼んでおりまして」

目ざといバルダッサーレからの指摘で、ミコは声が裏返りそうになった。

言葉すら交わしていない護衛のうちの一人をよくぞ覚えているものだ。

（まあ、人形のジルさまって空前の美丈夫だから記憶には残りやすいか）

本来の竜形は竜形で、他を圧倒する存在感から一度見たら忘れられないのだが。

「そうだ、リオーネ公爵は出張に行かれていましたよね」

下手につっこまれてぼろを出さないよう、ミコはバルダッサーレに脈絡を無視した話を振る。

「ええ、近場ではありましたが」

「視察や出張が続いてお疲れなのでは？　お顔の色が少し優れないようですし……」

体調を気にかけるミコに、バルダッサーレは口元をゆるめる。

「それなりに強行日程でしたので多少の疲れはありますが、ご心配には及びませんよ」

「お忙しいリオーネ公爵が趣味の時間が持てればいいのにと、セレスティノ王太子殿下はおっしゃっていました。趣味の時間は持てそうでしょうか？」

「何かと予定が立て込んでいますので、趣味を楽しめるのはまだ先になりそうですね」

嘆息しながらも、バルダッサーレのダークブルーの瞳は生気に溢れている。

趣味はお預けのようだが、このぶんだと日々充実はしているようだ。気力に満ちているのは良いことである。

（あとはゆっくり休息が取れたらいいんだけど）

「そういえば、フクマル殿は行方知れずの幻獣を捜されているとか」

「！　ご存じだったのですか」

「昨夜の晩餐会のあとで、陛下と私が話をしているところにセレスティノ王太子殿下がお見えになり、事情を拝聴しました」

ミコの滞在延長の理由は率先して触れ回ることではない。けれど、先に女王の元にいたバルダッサーレを下がらせてまで秘匿しなければならないというわけでもないのだ。セレスティノも聞かれて問題ないと判断したのだろうと、ミコは咀嚼した。

「しかしいくら稀有な能力を持つとはいえ、あなたはか弱い乙女です。無理はしないでください」

バルダッサーレは心配そうな面つきになる。たぶん、どう控えめに見ても強そうではないミコが畏怖される幻獣と相対して大丈夫なのかと、心配してくれているのだろう。

「お気持ち痛み入ります、リオーネ公爵」

「早く見つかることをお祈りしていますよ」

「閣下、そろそろ挨拶をお待ちの皆さまのお相手を」

音もなく控えていたバルダッサーレの護衛が、頃合いを計って声を割り込ませた。それにバルダッサーレはうなずいて応じる。

「それでは、私はそろそろ失礼します」

壁際から広間の中心に戻るバルダッサーレをミコは見送る。

すると、入れ違いでデューイが近づいてきた。

「ミコさま、こちらでしたか」

「デューイさん、ご令嬢たちの相手はもういいんですか？」

「皆さまご満足された様子で、挨拶の続きに戻られましたよ」

この短時間の間にご令嬢方を満足させてしまうとは、デューイの伊達男ぶりは侮れない。

「一緒にいたのはリオーネ公爵ですか？」

「そうです。昨夜セレスティノさまからわたしがキャスパリーグさまたちを捜していることを聞いたみたいで、激励していただきました」

デューイも納得したようで、「そうでしたか」と話を畳む。

「ここからは私も外交上の挨拶をして回ります。よろしければおつき合いいただいても？」

「了解しました」

「ではまず、あちらにいるご夫妻から。男性はマーレ王国の宰相閣下で――」

マーレ王国の有力者や各国の特使など、相手の情報について小声でミコに説明を入れつつ挨拶をするデューイに紹介される形で、ミコは簡単な挨拶をしていった。

挨拶といっても、ミコは名乗る程度のものだ。

あとは談笑するデューイの横でただ笑っているだけ。――なのだけれど、それも一時間もすれば、口角周りの筋肉が痙攣し始めてきた。

（うう、口の端がピクピクする）

おまけにドレスを着ているときは基本、胸を開いて背筋を伸ばした姿勢を保たなければいけない。それが、時間が経つごとにきつくなってくる。

ヒールも夜会用に高く履き慣れていないので、踵もじんじんして痛い。

（ちょっと疲れたな）

今すぐベッドにダイブしたい、という内心が顔に出ていたのか。デューイがさりげなく椅子の置かれた会場の隅に移動した。

「ミコさま、お疲れのようですので引き揚げますか？」

「そうさせてもらえると助かります。口角を上げているのがそろそろ限界でした……」

ミコが実感を込めてぼやくと、デューイは笑いを含んだ目つきになる。

「それは由々しき事態ですね」

「笑いごとじゃないですよ。皆さんはよくずっと笑顔でいられるなと感心します」

「慣れてしまえばミコさまもできますよ」

デューイの夜会開始直後からまったく変わらぬ微笑みに説得力を感じていると、

「ミコ、フォスレター秘書官」

手を軽く振って前から近寄ってくるのは、これまた夜会開始直後からまったく変わらぬ笑みをたたえたセレスティノである。

壁際に来ると、セレスティノは深く息を吐いた。

「セレスティノ王太子殿下、ご挨拶お疲れさまです。何か飲み物でもお持ちしましょうか？」

「大丈夫です、フォスレター秘書官。ようやく落ち着いたので、このまま別室で休憩しようかと。お二人もよろしければ一緒にいかがです？」

「ありがたい申し出なのですが、私はまだ挨拶が少々残っておりますので」

「ではミコはどうでしょう？　冷たい飲み物を用意していますよ」

今すぐ部屋に戻って、身体を締めつけるドレスから解放されたいところではあるが。せっかくセレスティノが誘ってくれているのだ、無下にはできない。

「お言葉に甘えて、少しお邪魔させていただきます」

ミコはセレスティノと並んで大広間から中座した。後ろにはセレスティノの護衛と、ミコを守る二人の護衛がぞろぞろとついてきている。ちょっとしたバスツアー並みの団体だ。

セレスティノが用意していた別室は、大広間からそれほど離れていない眺めの良い部屋だった。護衛たちは必要最低限だけが壁際に控えたので、空間に圧迫感はそれほどない。

中央に設置されたテーブルの席につくと、折よくメイドがワゴンを運んでくる。陶磁器の皿に盛られているのは、小さな芸術品のごときチョコレート。グラスにはなめらかな色彩の液体が注がれ、レモンの輪切りとミントが浮かんでいた。

「レモン果汁をソーダで割った、リモナータという飲み物です。アルコールは入っていませんので、ミコも飲みやすいかと」

こちらの世界では、成人となる十五歳でお酒が解禁となる。

しかしミコは「お酒は二十歳になってから」のフレーズが頭に刷り込まれているため、お酒は飲まない。飲みたいともあまり思っていないのだが。

「夜会が始まってからワインを何杯かいただいていますので。……正直なところ、まだお酒がおいしいという感覚には達していませんし」

セレスティノがもらす本音に、ミコはふっと気が抜けた。

普段大人びていて忘れそうになるぶん、こういう十五歳の少年らしいあどけなさに触れるとなんだか和む。

「じゃあ、いただきます」

手を合わせてからミコはグラスに口をつける。

フレッシュなレモンのものだろうか。少し苦味はあるものの、爽やかな酸味が砂糖の甘さを引き締めていて、ソーダの微炭酸が舌と喉を心地よく刺激した。

「――っ、おいしいですね！」

ミコは顔を輝かせる。疲れていた身体に、この抜群の爽快感はたまらない。

「気に入ってもらえてよかった」

「マーレ王国は本当に、何もかもがおいしいです。王城の料理はもちろんですけど、城下でいただいたライスコロッケもとてもおいしかったですし」

言ってしまってから、ミコはあっとした顔になる。

（あの料理をセレスティノさまは知らないかも？）

王国最高峰の料理人たちの料理を食べ慣れている、純血の王子さまだ。下町グルメ的なものを知っている可能性は低い。

「あれはおいしいですよね。定番もいいですが、最近は中身の種類も色々増えていて楽しいですよ。トマトやチーズをパン生地で包んだ揚げパンもおすすめです」

と思ったが、そうでもなかった。むしろめちゃくちゃ詳しげだ。

「セレスティノさまは、城下に行くことがあるんですね？」

「お忍びでたびたび出向きますよ。ミコに伝えた件の話も、下町の愛の吟遊詩人を自称する方が由来ですし。他にも私を王子だとは知らない城下の皆さんから、旦那さんの上手なおだて方や、奥さまへ謝罪するときの正しい作法など色々教えていただいています」

いたいけな少年に何を教えているの城下の皆さん！

「どれも王城では学べないことばかりで、とても楽しいですよ」

「そ、そうなんですね」

学ぶ内容について思うところがないわけではないが、満足そうな顔つきのセレスティノに物申すのは無粋というものだろう。

（何よりも、本人がすごく楽しそうだし）

セレスティノは品行方正ながら、好奇心も強い。出国前にもらしていたデューイの台詞を、はたと思い出した。

達観しすぎていても心配になるので、いろんなことに関心や興味を持っていることが安心な気もする。ミコはそう自分を納得させることにした。

「ミコ、このチョコレートもおいしいのでぜひ」

「はい、いただきま――」

最後まで、言葉が続かなかった。いきなり視界が歪むほどの強い眩暈に襲われたのだ。

それが合図だったかのように唇や手先、足先に痺れが一気に広がって震えが止まらなくなる。ミコはたまらずテーブルクロスを握りしめた。

「ミコっ⁉」

「……っ、あ……」

目の前が明滅する。

驚愕の表情を向けてくるセレスティノに何か言いたくても、舌がもつれてしまって、言葉がうまく発せられない。

身体の痺れはいや増すばかりで、もはや座っていられずミコは椅子から床に倒れ込んだ。

「誰かっ、今すぐ魔法薬師をここに！」

椅子を蹴倒すような勢いで立ち上がったセレスティノの声が、どこか遠く聞こえる。

視界が暗くなったのを最後に、ミコの意識は遠のいた。

（…………ん？）

重たい瞼をゆっくり開いてまず目に飛び込んできたのは、赤い絹地の天蓋だ。

頭と背中に当たるやわらかい布の感触から、自分が客室のベッドで寝ているのだとわかる。

（あれ、わたし……）

『ミコ！』

意識がはっきりとしないなか、耳元で聞こえた低い声。

少し首を横に倒すと、宝石よりも綺麗だと思う深い紫色——ジルの瞳と見合った。

「……ジ、ルさま……」

『気がついたんだな、よかった……』

ジルは安心したような顔つきで細く息を吐き、ミコの頭をそっと撫でる。

その手つきはいつにもまして優しく、初めて頭を撫でたときのように慎重だった。

「ジルさま、ルーアさまたちは見つかりましたか……？」

『まだだ。……今はそれよりも、自分のことを考えろ。気分はどうだ？　どこか苦しいところや痛いところは……？』

ミコを見つめるジルの瞳には慈しむような色がありありと浮かんでいて、見ているところが気恥ずかしくなるほどだった。どうやら、とても心配させてしまったらしい。

「大丈夫です……」

力なく笑ってのろのろ起き上がろうとするミコの身体を、ジルは右腕でいとも容易くベッドに倒す。

「もう起きられますよ？」

『……ふらふらだぞ。それに顔色も悪い』

まだ寝ていろ、と額をゆったり撫でながら囁かれて、ミコはおとなしく従う。たしかに身体を動かすのがまだちょっとしんどい。

「――安静になさっていてください、ミコさま」

どこからともなく飛んできた声はデューイのものだ。

（い、いたんだデューイさん。びっくりした……）

デューイはこれほど目立つ容姿だというのに、声をかけられるまで扉の近くで立っていることにミコは全然気づけなかった。

（隠れ強者らしく、徹底的に気配を消す術でも会得しているのかな？）

意図して気配を察知することも、殺すことも、ミコには一生かかっても辿り着けない領域である。

「ミコさまが目覚めたことを女王陛下に報せてください」

扉を開けて何やら指示を出してから、デューイはベッドの傍にやってくる。

「ミコさま、お身体につらいところはありませんか？」

「ちょっとだるいくらいで、あとはなんとも。あの、今は夜でしょうか、それとも朝？」

「眠っておられたのは四時間くらいなので、まだ夜ですよ」

「四時間も……デューイさん、わたしはいったいどうしたんでしょうか？」

デューイは表情を改めて告げた。

「どうやら、ミコさまは毒を盛られたようです」

「なんっ⁉」

仰天のあまり、ミコはがばっと身を起こした。すかさずジルが腕で背中を支える。

(毒を盛られる日がくるなんて……)

元女子高生のミコは夢にも思ったことはない。そもそも毒を摂取する可能性なんて、毒キノコと知らずに誤食するくらいがせいぜいだ。

『……ミコ、今どういう話をしている?』

「あ、わたしは毒を盛られたみたいで」

ジルに訊かれて、ミコは脊髄反射でぽろりと喋ってしまった。

途端に、ジルのまとう空気が凄まじく重くて猛々しいものへと変貌する。

『————毒を、盛られたのか』

「ジルさま声が低い、低すぎますって!」

『……ミコ、犯人ごとこの国を燃やすか……?』

(ひぃいいいいっ! 声のトーンに冗談が微塵もない————っ!)

深紫の双眸にただ事ではない剣呑な光が宿ってしまっている。

この場で目に見えないものが可視化できたなら、ジルの背後には闇より黒い炎が燃え上がっているに違いない。

指先で何かを握り潰すような仕草をするジルの戦慄レベルの迫力に、ミコは恐れ慄いた。

（ああ！　デューイさんまで！）

ジルのラスボス感満載の脅迫をデューイは理解していないだろうが、醸し出される凶悪なまでの威圧感のせいで顔色が青くなっている。立ったまま微動だにしない。

すぐに笑顔を取り繕ったのは見事だが、青ざめた顔色までは戻せていなかった。

「ジルさま、わたしはもう大丈夫なので物騒なことは考えないでください！」

『ミコがそう言うなら。……言ってくれたらいつでも燃やす』

とんでもなくおっかない権限がわたしの手中にあるような⁉

「あとデューイさん、お気を確かに！」

「……今の一瞬で、二十二年間の思い出があれこれと脳裏を奔りました」

「デューイさんそれ死を覚悟したときに視るやつです！」

「はは、さすが竜と言うべきでしょうか……言語を絶するほど強烈な怒気を体感したのは初めてです……」

デューイが視線を虚空に固定する。

明日の太陽は拝めないかもしれないという究極の心地に至ったのは想像に難くないので、ミコはデューイに同情と恐縮の意を送った。最強竜が過保護ですみません。

「何はともあれ、ミコさまが無事に目覚められてよかったです」

「心配と心労をおかけしました……」

「ミコさまが摂取した毒はすでに魔法薬によって解毒されていますが、解毒の魔法薬には強い副作用がつきものです」

身体の倦怠感や痛み、発熱など、なんらかの症状が場合によっては数週間続くと、平静を取り戻したようにデューイは淀みない口調で説明する。

「今後副作用が出てくるかと思いますので、無理はしないようにしてください」

「わかりました」

「ところでミコさま、倒れる前に何か口にされましたか？」

「たしか、リモナータという飲み物をいただいて――」

そこでミコははっとする。あのときセレスティノも一緒にいたではないか。

「デューイさん、セレスティノさまは無事ですか⁉　あの方も同じものを飲んでいたはずですっ」

「……セレスティノ王太子殿下は無事、なのですが……」

デューイらしからぬ、奥歯にものが挟まったような言い方が気になった。

続きを話してもらおうとミコが口を開きかけたとき――

「夜分に失礼致します」

ノックが響き、現れたのは夜会のときのままの華やかな装いのバルダッサーレだった。

「リオーネ公爵っ」

　自分が寝間着に着替えさせられていたことに今になって気づいて、ミコは焦った。

　しかしベッドに座ったままというのも失礼かと思い下りようとすると、バルダッサーレは「どうかそのままで」とミコを止める。

「フクマル殿、お目覚めになられたようで何よりです」

　バルダッサーレはミコのベッドの近くまで来るなり、深々と頭を下げた。

「リオーネ公爵⁉　あの、頭を上げてください！」

「このたびのこと、誠に申し訳ございません。女王陛下に代わってお詫び申し上げます」

「わたしは大丈夫ですから！　それよりも、セレスティノさまの方が心配です」

「——セレスティノ王太子殿下は」

　顔を上げたバルダッサーレは、これまで聞いたことがないほど低い声で告げる。

「フクマル殿毒殺未遂の嫌疑で、自室軟禁中となっています」

　ミコは瞬きも、呼吸も忘れた。

（セレスティノさまが……何……？）

「毒は飲み物に混入していたようです。部屋の中にいた者の所持品検査を行いましたところ……混入していたものと同じ毒が入った薬瓶が、セレスティノ王太子殿下の着衣から発見されました」

情報の仔細を述べるバルダッサーレの話が全然入ってこない。

ミコは気が動転するのを意地で堪えて、バルダッサーレの台詞を理解しようと思考をめまぐるしく動かす。

(毒殺未遂って……)

誰が？　セレスティノが。誰を？　ミコを。毒殺しようとした嫌疑で、自室軟禁中。

──そんなわけない。

「何かの間違いです！　セレスティノさまに会わせてください！」

ミコの強い口ぶりを受けて、バルダッサーレは悩ましそうに銀の睫毛を伏せる。

「……フクマル殿のお気持ちはわかりますが、嫌疑が晴れるまでは面会謝絶となります。ご意向に添えず申し訳ありません」

被害者と容疑者を会わせるわけにはいかない。バルダッサーレの言い分はもっともだ。

そう理性で理解しようと努めるけれど、本能はミコの中で納得いかないと喚き散らす。

「これ以上はフクマル殿のお身体の障りになるでしょうから、今宵はこれにて失礼します。正式な謝罪と詳しい事情はまた後日改めて」

再び礼を取って、バルダッサーレは静かに部屋を辞す。

遠ざかっていく足音が完全に聞こえなくなったところで、ミコは呆然と呟いた。

「セレスティノさまが……そんな……」

『……ミコ、何があった？』

成り行きを見守っていたジルに、ミコは事の経緯を説明した。

「——だけど、セレスティノさまがそんなことするはずないんです。出逢ったときからにこやかに、王子だというのになんら偉ぶらない態度で接してくれた。自分には特筆すべき素養はなく、王族としては凡庸だという思いを抱えて。劣等感や悔しさを味わいながらも腐ることなく、尊敬する人たちに追いつこうと上を向いている。尊い意志と誇りを持つセレスティノが、ミコを害するような真似をするわけがない。

「そもそも、セレスティノさまがわたしを毒殺する理由がありません。友人になりたいと言ってくれたし、夜会のときだって気を遣ってくれました。昨日もルーアさまたちを捜したいわたしを応援してくれて……無事に再会できるといいですねって、とても優しく笑って言ってくれたんです」

『——そうか』

ミコを慰めるように、ジルは背中を優しく叩いてくる。その声音は何か感じ入るように、どこかやわらかな響きがあった。

「ミコさまのおっしゃるように、セレスティノ王太子殿下には事に及ぶ動機も理由もありません。王太子となった今はなおさらです」

デューイは感情を制御するかのような平坦な口調で述べる。

「これが陰謀であるなら、犯人として疑わしいのは次の王位継承者。順当に考えれば、リオーネ公爵でしょう」

「――と、デューイさんは言っています」

『……詳しくはわからないが、俺が見たときは少なくとも互いに笑っていたけどな』

ミコからデューイの発言を受けたジルの感想に、ミコもうなずいた。

「ジルさまが言うように、リオーネ公爵はセレスティノさまと仲が良さそうですけど」

「肉親の情と王位への野望はまた別次元ですから」

あくまで冷静にデューイは語る。

「と言っても、本人が与り知らぬところで暴走する輩が派閥にいないとも限りません。わかりやすくリオーネ公爵に罪を着せようと目論む者がいてもおかしくはないので、現段階で犯人を特定するのは難しいですね」

セレスティノが無実だと、ミコはなんの疑いもなく信じている。

あれほど親切にしてくれたセレスティノの窮地を、このまま捨ててはおけない。

「この件については、私が調べてみます」

拳に力を込めるミコの心情を読んだかのようなデューイの台詞に、ミコは胸を突かれた。

（表には、出さないけど）

デューイもその胸の内では交流のあるセレスティノを案じて、人柄を知るからこそ無実を信じているはず。

だからミコと同じように何かせずにいられないと思い、自ら動く意思を示しているのだ。

(そうじゃなかったら、友好国とはいえ他国の騒動に口を挟みはしないはずだし)

「こちらは私に任せて、ミコさまは体調を第一に考えてください」

「わかりました！　わたしはいなくなったキャスパリーグさまたちを捜しますね！」

デューイからの労りの気持ちを、ミコはまるっと遠くへ投げる。

やる気を漲らせるミコを目にしたデューイからは、眼鏡が落ちかかっていた。

「ミコさま？　私はお身体を大事にしてくださいと申し上げたのですが……」

「もう大丈夫なので！　――キャスパリーグさまたちがまだ見つからないってことは、やっぱり攫われたんだと思うんです。のんきに寝ていられません」

『……心配なのはわかるが、ミコは寝ていろ』

ミコの台詞を拾ったジルから控えめな指摘が入ったけれど、ミコは聞こえなかった態を取る。

「わたしも、自分にできることを全力でがんばりますから！」

ミコは自らへの叱咤の意味も込めて、畏まった声色で告げた。

ずれた眼鏡を直しながら、デューイはミコをつぶさに見てくる。で、結論を出した。

「お止めしても、無駄なのでしょうね」

「はい！　部屋に鍵をかけられたとしても、ジルさまに協力してもらって抜け出します」

「わかりました。……ミコさまに遅れを取らないよう、私も己が成すべきことに全力を尽くしましょう」

デューイはゆったりと伏し目になって——そのあとすぐのっぺり笑った。

「罪のないうちの大事なミコさまに毒を盛ってくれたことは度し難いですし、ジルさまの威圧感で死ぬ思いをしましたので。犯人にはそれ相応の痛い目に遭ってもらいませんと」

……涼しげな碧眼は寸分たりとも笑っていない。

天使が堕天したごとき美しくも黒い笑顔のデューイに、ミコは生贄にされた山羊のようにぷるぷる震えた。

『……ミコ？』

不思議そうな顔つきのジルに、ミコは言葉を震わせながらここまでのやりとりを伝える。

事態を呑み込んだジルは動揺も引くこともせずに、

『言葉が通じたら、あいつとは意外と話が合うかもしれないな……』

同類の過保護波動でも感じ取ったのだろうか。その淡々とした言い方が真剣味を物語っている気がして、ミコは頰を引きつらせずにはいられなかった。

（ジルさまとデューイさんが組んだら、本当に世界征服ができかねないよ！）

最強タッグが結成されなくてよかったと、このときばかりは互いの言葉が理解できないことにミコは強く感謝した。

五章　ひととして友達として、譲れないこと

次の日の朝に目覚めたら、身体はすっかり回復していた。

心配だった解毒の魔法薬の副作用もまったくなかったため、ミコはセレスティノの件はデューイに任せて、ジルとともにルーアたちの捜索に向かった。

『休め』「大丈夫です」――過保護なジルを説得するのに苦労したのは言わずもがなだ。

という事情はさておき。

ルーアたちの縄張りである摩訶の森は、マーレ王国の東に位置している。

それより東は海峡に面した断崖絶壁のため、森から向かうとしたら北か南、あるいは西のいずれかのルートとなるのだ。

（まずは摩訶の森から一番近い北と南、西のそれぞれの森で聞き込みをしてみよう）

（順番としては、森の広さが狭い順に北・南・西かな）

ミコが聞き込みの場所にあてをつけたのには理由がある。

どのルートにせよ、摩訶の森から街に戻るにはそれらの森を通る必要があるからだ。

まだ消息がわかっていないルーアらと、時を同じくして森にいたという布をかぶっていた人間たち。

——偶然にしてはタイミングが良すぎる。

怪しい気配ぷんぷんの人間たちの情報が得られれば、行き先の方角を絞れる。捜索の効率は格段に上がるだろう。

（あ、うさぎ発見！）

摩訶の森を出ると幻獣との遭遇はなくなるため、情報源はもっぱら野生の動物たちだ。

「うさぎさん、ちょっと話を聞いてもいい？」

茂みの陰からこちらを盗み見る赤茶色のうさぎを怯えさせないように、ミコはしゃがむ。

　自分から近づかずに待っていると、うさぎはおずおずと茂みから出てきてくれた。

「急にごめんね。この間の雨が降った日なんだけど、摩訶の森の方から、布をかぶった何人かの人間がこの森に来なかった？」

『ううん、見てない』

「そっか、教えてくれてありがとう」

ミコがお礼を言うと、うさぎは飛び跳ねながら草むらにまぎれて見えなくなった。

「ジルさま、次を当たりましょう」

『……ミコ、歩くのはつらくないか？』

今すぐミコを抱きかかえかねない過保護なジルに、ミコは明るい表情で笑いかける。

「元気です！　あ、今あそこの茂みが動きました！　行きましょうジルさまっ」
『頼むから病み上がりで走ろうとするな……』
ミコは目標に突進しようとしたものの、ジルに腕を摑んで止められてしまった。

そうして、聞き込みは続けられていき――

ミコが声をかけると、警戒心から姿をくらませようとする動物たちも多かったが。
援護を惜しまない竜の、雷が一閃するごとき俊足から逃れられるはずもなく。
あえなく逃げ道を塞がれ、絶対的強者から滲み出る風格と威厳を前にして本能的に逃走を諦め、しまいにはどうかひと思いに、とばかりに降参の体勢を取る小動物までいた。
――『摩訶の森の方角から来た怪しげな人間？　さあ知らないな』
――『そっちの方から来る人間は見ていない』
――『そんな人間、このあたりでは見かけなかったよ』
動物たちは、謹んでミコの聞き取りに答えてくれたのだけれど。
(犯人たちのめぼしい目撃情報はないなあ)
『……ミコ、じきに陽が落ちる。一度戻るぞ』
北と南の森でだいぶ時間を食ってしまったので、ミコたちが今いる西の森から見上げた空は徐々に黄昏の色を帯びてきていた。

「ジルさま、あともう少しだけ」

『だめだ、夜になれば風が冷える。……また体調を崩したらどうするんだ』

延長を申請してみたが、ジルには秒で断られる。

毒を盛られてからは、ジルはなおのことミコに過保護になってしまった。

「わたしはもう大丈夫なのに」

『適当なところで止めておかないとミコは懸命になりすぎて無茶をする。必ずな』

かつてなくはっきりしたジルの意見がごもっともなだけに、ぐうの音も出ない。

(だけど、ここではまだろくに情報収集できていないし)

夜目が利かず優れた身体能力もないミコが捜索を続行しても、ただの足手まといにしかならないけれど。

せめてあと一組と、欲が頭をもたげるミコはまったく関係ない話題を持ち出した。

「ジルさま、ここに来る途中に野イチゴがいっぱいなっていましたよね！」

『？　そうだな』

「申し訳ないんですが、このハンカチに摘んできてもらえませんか？　……えーと、おいしそうだったので、帰ってから食べたいなって……」

嘘をついている後ろめたさから、ミコの言葉つきはぎこちなくなる。視線も若干斜め上になっていた。
咄嗟につく嘘がへたくそなことを、ミコ本人はまだ自覚していない。
『…………わかった。ミコはここで待っていろ』
「ありがとうございます、ジルさま！」
ため息をつきながらもミコの要望に応えるジルに、ミコは表情をぱあっと明るくする。
ジルは過保護で、それ以上にとても優しい。
「あとでジルさまも一緒に食べましょうね」
『ああ。……すぐ戻るから、ここから動かないようにな』
ミコの行動はお見通しといわんばかりの一言を残して、ジルは神速で疾駆する。
猶予はあまりない。
（遠くには行けないし、近くに話が聞けそうな動物は）
森の四方をぐるっと見渡してみたが、それらしき姿はなかった。
ミコは草をかき分けて根元を覗いてみるが、昼間見かけた小動物たちも見当たらない。
「もう巣穴に帰っちゃったのかな……」
と、ミコが樹によりかかって残念がっていたときである。
『あら、こんなところに人間がいるわ』
『本当ね、人間がいるわ』

ミコの真上――立派な樹の枝先にとまっていたのは、オリーブ色の躰に顔から胸にかけては赤っぽい色味をした二羽の小鳥だった。ぽってりボディが可愛い。

『この前の人間たちとは違うわね』

『そうね。この前の人間たちは顔が布で隠れていたものね』

「っ‼　小鳥さんたち、その人間を見たのはいつ⁉」

小鳥たちのお喋りにミコは食い気味に横やりを入れた。

『きゃ⁉』と驚いた様子の小鳥たちはすぐに飛び去ろうとする。

「お願い待って！　その人間たちの話が聞きたいだけなの！」

ミコが必死な声で強く呼びかけると――小鳥たちは羽ばたきをやめて枝にとまる。

「え？」『え？』『え？』と、ミコばかりか二羽の小鳥たちまで目を丸くした。

『なあにこれ？　躰が勝手に止まったわ』

『何かしらこれ？　わからないわ』

――あのときと、同じ？

ジルとアンセルムの間に割って入った折に生じた馬たちの異変が、ミコの頭をかすめる。

あのときもミコが制止を強く叫んだ直後に、いななきながら興奮する馬たちがミコの求めに応じるように鎮まったのだ。今の小鳥たちと同じように。

（だけど、今はこっちが優先！）

答えが謎の事象にかかずらっている場合ではないと、ミコはすぐさま気を取り直して『あ、動いたわ。不思議ね』と首を横に倒す小鳥たちに話しかける。

「小鳥さんたち、驚かせてごめんね」

『あなた、わたしたちの言葉が解っているの？』

「うん、だからお願い。さっき言っていた人間たちをいつどこで見たのか、他にも覚えていることがあればなんでもいいから教えてもらえる？」

訊ねるミコに害はないと判断したようで、小鳥たちはうなずき合う。

『見たのは、この前の雨が降った日よ。ちょうどこのあたりで見かけたわ』

『まだお陽さまは沈んでいなかったし、雨もギリギリ降っていない頃だったわ』

『人間たちは何人もいたけどみんな長い布を着ていて、馬に乗っていたわね』

『摩訶の森の方角から来て、西に向かってすごい速さで馬を飛ばしていたわね』

『馬が走り去ったあと、とっても鮮やかな色の羽が落ちていたわ』

『そうそう、雷みたいな黄色だったわ』

「！　ありがとう、教えてくれて！」

交互に話をしてくれる小鳥たちにミコが手を振りながらお礼の言葉を投げると、小鳥たちは歌を口ずさむように鳴いて、揃って枝から飛び去った。

その姿が見えなくなるのを見届けていたところで、背後から声をかけられる。

『ミコ？　上に何かあるのか……？』

振り向いたミコは神妙な顔で、野イチゴを包んだハンカチを手にしたジルを仰ぐ。

「ジルさま。雨の降った日の日中に、摩訶の森の方角から来た顔を隠した人間たちを小鳥がこのあたりで見かけたそうです。西に向かって馬を走らせていて――走り去ったあとには、雷のような黄色い羽が落ちていたと」

『！』

ミコたちが立つ、西へと延びたこの路に分岐はない。最終的に辿り着くのは王都だ。

ジルの深紫の瞳が、さして舗装されていない細い路を辿った。

夜の王城。

「それは上々の首尾でしたね。あとミコさまは諜報員としても大成できる気が致します」

「ポーカーフェイスができないわたしには無理です、デューイさん」

捜索から帰還したのちに、ミコはジルとデューイの三人で、いくつかある図書室の一室で報告会を行っていた。

なぜここかといえば、デューイの予定の合間を使って報告会をしているからだ。

室内にミコたち以外はおらず、誰か来たら扉の前にいる護衛が知らせてくれるので気兼ねせずに内緒話ができる。

「では、明日からは本格的に王都を捜索開始といった流れで？」

「はい。まずは馬たちに話を聞いてみるつもりです」

西の森から帰ってきたミコは馬のいそうな場所に行こうとしたけれど、『今日は休め』とジルに止められてしまったのだ。残念。

「デューイさんはどうでしたか？」

「リオーネ公爵の情報の補足になりますが、毒の入った薬瓶はセレスティノ王太子殿下の上着の腰ポケットから発見されたと」

「……本当にセレスティノさまが毒を持っていたんですね」

「本人の目を盗んで薬瓶を衣服に忍ばせるのはそう難しくはありません。夜会は人で溢れていましたから、好機はいくらでもあります」

ここで咳払いするデューイ。そして。

「それとですねミコさま。――どうやら王城では、『セレスティノ王太子殿下は獣使いの聖女に振られたのが原因で凶行に及んだ』という噂が流れているようです」

「はい――――――――っ⁉」

飛び出した突拍子もない話に、ミコはひっくり返りそうになるほど驚いて絶叫した。

『どうした……？』

「すみません、ちょっと驚いただけですので！」

隣から怪訝そうな様子でこちらをうかがうジル。ミコは慌てて、取ってつけた笑い顔でごまかす。

探るような視線のジルは、ミコが何かごまかしたことを見抜いているだろう。

だが深刻ではなさそうだと思ったようだ。ジルは追及せずにまたソファの背にもたれた。

（内容が内容だけに、通訳するのは一回話を全部聞いてからにしよう）

「デューイさん、なんですかその根も葉もない噂話は？」

「王城勤めのメイドたちから聞いたものです」

つい小声になるミコに合わせて、デューイも声量を落としてくれる。

「噂を正確に申し上げれば、『セレスティノ王太子殿下は獣使いの聖女に恋慕したものの想いを受け入れてもらえず、募る愛がやがて憎しみへと変わり凶行に及んだ』というものです。端的にまとめますと痴情のもつれですね」

「いや痴情どころか何ももつれていません！」

「私はもちろん承知しております」

ですが、とデューイはやけに真面目な顔つきで続ける。

「傍からは、観劇やお茶をともにするお二人の様子は仲睦まじく見えたでしょう。ところがその後、ミコさまが式典前夜の晩餐会を欠席したのは彼の愛を受け入れられなかった気まずさゆえに、と皆さん納得されて噂を事実として認識している様子で」

「こじつけがすぎませんか⁉」

「それでも『恋情』が動機の色恋沙汰は、でっち上げるには最良の案件です。何しろセレスティノ王太子殿下は多感なご年齢のため、衝動に突き動かされて理性を欠いたのか、と受け入れる者は少なくない。この分野は特に第三者が否定しづらいですしね」

言われてみればそうかもしれない、とミコは得心してしまう。

(たとえば動機がもっと違う、策略めいたものだったら)

セレスティノを支持する者たちは息巻いて彼の無実を主張できるだろう。

けれどこれが感情、それもいかんともしがたい思慕の情となればそうはいかない。

ミコも自分で自分を抑えられないような、熱に悶えるそれを実体験で知っている。知っている人間ほど、否定しきれずに信じてしまうのではないだろうか。

「あの方を貶める筋書きはおおむねわかりましたが、解せない点があります」

「と言いますと？」

「セレスティノ王太子殿下にとっての政敵と呼ばれる派閥は資金力こそありますが、戦力は王太子派にはまず及ばないようですから」

セレスティノの後ろには女王がついている。つまりそれは、いざとなれば王国の軍勢を動かすことができるということなのだとデューイは述べる。

「現王太子を無理やり廃嫡しようものなら、支持する派閥が黙っていません」

「でも、お金があれば傭兵みたいな人たちを雇うなりなんなりできるんじゃ？」

「金に物を言わせて人手を集めようと所詮は烏合の衆。隙のない指揮系統のもとに集う鍛えられた集団に敵うはずはありません。よほどの考えなしか破滅願望でもなければ、返り討ちが目に見えている愚を犯しはしないでしょう」

「なるほど……」

「何か当てでもあるのか、そのあたりはこれから探る要点となりますが……」

冷静な考察に感心しきりなミコの前で、デューイはさらりと。

「容疑者候補の方々には何かの疑惑をでっち上げて手っ取り早く尋問したいものですね。なにぶん、短期決戦が望ましいものですから」

徳の高い聖人顔負けの笑みで恐いことをのたまうデューイに、ミコは震えた。

この国に来てからミコの中でデューイの印象は「親切で、面倒見のいい人」から、「親切で、面倒見のいい人で、敵に回したら恐い人」に変化している。

（よく考えたら、親切で面倒見がいいだけじゃ王太子の右腕にはなれないよね……）

『ミコ、寒いのか……？』

ミコの震えに気づいたジルが、上から覗き込んできた。その気遣いに精神が癒される。

「平気です。ジルさま、あのですね――」

根も葉もない噂についてはとりあえず省いて、ミコはジルにデューイとの会話の内容を伝えていく。

話が終わりの段にさしかかったとき、扉を叩く音が響いた。

——コンコン。

「フォスレター秘書官。そろそろお時間です」

外から呼びかける部下の声で、デューイは椅子から立ち上がる。

「ではミコさま、ジルさま。私はここで失礼させていただきますね」

デューイの次の予定は、女王との拝謁だ。

ミコへの嫌疑により、女王はセレスティノに自室軟禁を命じた。親心はありながらも毅然とした姿勢を示した女王だったが、大きな心労から体調を崩してしまったらしい。

デューイがだめもとで正規の手続きを踏み拝謁の申請をしたところ、女王の体調を考慮した時間の制限付きで、承諾の返事をもらえたというわけだ。

「難しいでしょうが、セレスティノ王太子殿下への面会を申し込んでまいります」

「よろしくお願いします、デューイさん」

「拝謁後に別件の打ち合わせもありますので、返事は明日お伝えしますね」

「わかりました。じゃあ、わたしは先に休ませていただきます」

「ゆっくりお身体を休めてください。ミコさまはどうやら魔法薬の副作用が出なかったようですが、普通は起き上がるのも困難な症状に最低一週間は悩まされるのですよ？」

（隠すなら最後まで隠してほしかった！）

ぞっとする事後報告を受けたのち、デューイとは図書室の前で別れた。

ミコを送り届け、情報を聞いたジルもこのあとはヴィナのところに話をしに行くはずだ。

「ジルさま、外へはこっちの庭園から行く方が近いですよ」

『……ミコを部屋まで送ってから出る』

「送るも何も、そこの階段を上って曲がればすぐ部屋ですから」

『…………』

何か言いたそうなジルに気づかないふりをして、ミコは彼の手を取って庭園へと歩く。

列柱が並ぶ廊から下りたのは、セレスティノとお茶をした四阿がある庭園だ。屋外に光源はないため、建物からの灯りが届かないところは暗くて見えない。

『……ここでいい。ミコは早く戻って休め』

「そうします。ジルさま、お気をつけて」

うなずくジルはミコの頭をひと撫でると、無造作に地を蹴る。

風を切り裂くほど速く、それでいて軽やかに空中を駆け上がるジルの姿はすぐに大樹の向こうへ見えなくなった。

（相変わらず人間離れした身体能力だなあ……）

千分の一でいいからわけてほしい。ミコは詮方ないことを三日月にがっつり願った。

「さむ……」

日中は全然感じないが、秋の気配をはらむ乾いた夜風はひんやりとしている。

庭園を覆う暗闇が、妙に心細さを募らせた。ミコは部屋に戻ろうと回れ右をする。

――――と。

「……様子はどうだ？」

「変わりありません」

（誰かいる？）

黒々とした影の中に浮かぶ、ぼんやりした二つの灯り。くもりが払われた冴える月光に照らされて、銀糸のような髪が冷たく光った。

（あれは……リオーネ公爵？）

庭園は暗いが、視界に捉えた人物の髪は銀色だった。銀髪の持ち主はこの王城で女王とセレスティノを除けば、バルダッサーレだけである。

あちらは灯りを持っていないミコに気づいていないようで、人目を避けるよう周囲をうかがいながらひそめた声で立ち話を続けていた。

「やはりあちらの一派の中には、すでに動き出している者たちがいるようです」

「好都合だ。こちらの切り札を知らぬ連中はずいぶんと油断しているだろう」

（この声はやっぱり公爵のものだ）

かろうじて聞き取れた会話の内容——不穏な匂いがするのは果たして気のせい？　話の一部が聞こえただけなのでなんとも言えないが、一派だの切り札だのと、日常会話で使われることがない単語が目白押しだった気がする。

ミコが耳に意識を集中させていれば、二つの灯りが同時に揺れ動いた。

それらは庭園のさらに奥へと進んでいく。

（この奥にはたしか、リオーネ公爵が趣味で使う館があったはず）

趣味に興じるには夜も深いが、多忙な公爵の空き時間がこの時間帯であるならさして不自然ではない——実の甥っ子が自室軟禁状態という状況にさえなければ。

（……無関係なら、甥っ子のことが心配で趣味なんか手につかないよね？）

自分に置き換えて考えると、無実を信じて一心不乱に神頼みするなり、無実の証拠集めに執念を燃やしそうなものだ。

（でも、本当にリオーネ公爵が？）

あれだけセレスティノにあたたかい目を向けていたバルダッサーレが、実の甥を貶めるような真似をするとは思えないし、思いたくなかった。

けれど情勢と不審な行動を踏まえれば、バルダッサーレは最も怪しい人物だ。

——ついて行ってみよう。

ジルを見送ったらすぐ戻るつもりで護衛もついていないので、自分は今一人。だが今から他の人を巻き込むのは気が引ける。

脊髄反射でミコは決断する。

(ついて行って、遠くから見るだけ)

しようとしているのはミコの直感頼りの行動だ。

ミコは己に厳しく言い聞かせた。

とにかくバルダッサーレの様子だけ確認して、デューイに報告する。そうすればあとは彼が得た情報と照らし合わせて動くだろう。

(大丈夫、余裕)

おまじないを胸中で唱えたミコは拳を握り、バルダッサーレのあとを忍び足で追う。

森での聞き込みのために、動きやすいワンピースとブーツだったのは幸いだ。これがヒールだったなら、三歩以内に尾行に気づかれていたに違いない。

(細いけど、一応ちゃんとした路になっていてよかった)

転ばないよう足元に注意を払いつつ歩いていると、水面がさざめく池が見えてきた。

すぐ傍にたたずむのは、平屋建てでたおやかな風情の洋館だ。正面の中央にあるアーチ型の大きな窓のカーテンの隙間からは、わずかな灯りが漏れ出ている。

右手の玄関扉が閉じられたようなので、バルダッサーレはあの館に入ったようだ。

(……窓から中の様子、盗み聞きできないかな?)

ここに母がいたなら、こっぴどくお説教されるだろう真似を実行するかミコは悩む。

見たところ見張りなどの人影はないので、館に近づくのは難しくなさそうだ。カーテン越しに中の光は透けて見えないため、生地は分厚く遮光性も高そうに思う。

ミコの影が映って存在がバレる、といった間抜けなことにはならないだろう。

「よし、行ってみよう」

「――一人で出歩くのは物騒だとお伝えしたのに、困ったお嬢さんだ」

「⁉」

館に消えたはずの声が真後ろの暗がりから聞こえて、ミコは目を剥いて振り返ろうとした。しかしそれよりも一拍早く、後ろの首筋に鋭い一打が振り下ろされる。

声を上げる暇もなく、ミコの視界は真っ暗になった。


王城を出たジルは夜の闇に紛れて《変化》の能力を解き、竜形で摩訶の森に来ていた。

『ミコが小鳥から得た情報からすると、ふたりはその人間たちに捕まったんだろうな』

『そうね……ルーアもゼフィも、大丈夫とは思うけど』

森の奥にあるねぐらで、ヴィナは闇夜でもうっすらと光る金毛に覆われた本来の猫形でうずくまっている。普段の天真爛漫さは鳴りを潜め、見るからに消沈していた。

（ルーアたちが捕らわれているんだ、無理もないか……）

『……明日、ミコは王都の馬に話を訊いて回ると言っていた。俺も同行するつもりだ』

『私も夜が明けたら王都に行くわ。ミコに、ありがとうって伝えて』

『伝えておく』

言って、ジルはヴィナに背を向けて力強く羽ばたく。

向かい風を黒い両翼で裂いて空を翔けると、闇に染まる薄い雲がばらまかれるようにして散った。

（……やはりおかしいな）

あまりに解せない——意識を高めて魔力探知を試みているにもかかわらず、ルーアたちの魔力をまったく感知することができないのだ。

魔力操作が完璧なジルは、相手の魔力を探って存在する位置の特定ができる。一国の隅々までとはいかないが、街一つくらいならば可能だ。

特定までは至らずとも、所在位置のおおまかな方角を見極めるくらいなら守備範囲はもっと広い。いかに微弱な魔力であろうともだ。

（これだけ集中して感知できないとなれば……）

魔力探知を遮る手段を講じられていると考えるべきだろう。

だいたいの見当はつく。こんな怪異な効果をもたらすものは、自然の神秘の産物ともいえる魔石だけだ。

(感知できないといえば……ミコも魔力探知にひっかかりにくいな)

ジルは、ふと別のことを考える。

あのとき——祭りでミコがはぐれた際、名前を呼ばれる前にジルは彼女の魔力を当然探ったが、なぜかミコの存在を探知しづらかった。

慣れない人の多さに感度が鈍っているのかとそのときは片づけた。

しかしそれ以降もミコの魔力を探ったことはあるが、まるで空気に溶け込んでいるかのような感覚は変わらずで。

(ミコが異世界人だからか……?)

召喚聖女として、不可侵の領域に踏み込む能力を持つくらいだ。そうであるならば不思議はない、とジルは己を半ば強引に納得させる。

答えのない疑問を堂々巡りさせても不毛なだけだ。

『……すぐにミコのことを考えるな、俺は』

自らを叱るような声をあえて吐き出す。

思考の大方をミコに割いている自覚はあるが、今はだめだ。

最悪の事態の危惧まではさすがに抱いていないが、ルーアたちのことを早く見つけたいとはジルも思っている。

(それにしても、なぜルーアは戻らないんだ?)

キャスパリーグは守りに長けており、攻撃力はそれほど高くない幻獣だ。とはいえ竜と同格である以上、密猟者風情を薙ぎ払えないほど脆弱なわけもない。幼体で能力がさほど使えないゼフィも上位幻獣だ、逃げるくらいはできるはず。

警戒心を親の腹の中に忘れてきたのかというぽやんとしたルーアが、油断がすぎて捕まったのだとしても、自力で脱出できない道理はない。

だからこそ、彼らが揃っておとなしくしているのは得心がいかなかった。

(……その謎も、見つければおのずと解けるか)

うだうだ考えたところで、ジルのやることは変わらない。

一刻も早くルーアを見つけ出して、ヴィナと引き合わせることだ。

(ミコも心配しているしな……)

ヴィナに嫉妬していたと。頰を染めて恥じ入るように、ジルに心の内を教えてくれたミコ。

たどたどしくも深い愛情を伝えてくれるミコへの愛しさが募り、ジルはにやつくのを到底堪えることなどできなかった。

あれほど胸が湧き立つような愉悦と幸福感を感じたのは初めてかもしれない、とジルはひとり惚気る。

――「一緒にルーアさまたちを捜しましょう!」

ジルの脳裏をよぎったのは、ミコがヴィナの手を取ったときの言葉。ルーアがいないことをヴィナが打ち明けるなり、ミコは躊躇う素振りもなく不安げなヴィナに心を砕いた。頼まれてもいないのに、ルーアたちを捜すとまで言い出して。

あまりにもあたたかいその心と、素直で飾り気のない言葉と表情。

笑ってしまうほどお人好しなミコが、ジルの瞳にはときどき眩しく映る。

（……またか）

ジルはいつの間にか思考が逸れていたことに気づく。重症だ、と心中で自嘲した。

――そのとき。

『っ！』

突如として、一陣の風が吹き荒れた。人の肌であれば抉れるほどの威力で、それはジルの背中に叩きつけてくる。

前へ――王都の方にジルを押し流そうとするかのように。

（なん、だ？）

風を受けるなり、胸に得体の知れないざわめきが広がる。

見えない何者かの手指が直に心の臓を揺らしてくるような、奇妙な心地を覚えるのは
これが二度目だ。

――虫の知らせに似た嫌な予感は、以前アンセルムにかけ合うミコに対して感じたもの。

（ミコ）

深く息を吸う。

迷うことなく、ジルは西へと勢いよく飛翔した。

両翼の羽ばたきにより生じた風圧で、草木が嘆き鳴くように枝や葉を揺らす。ジルは前だけを見据え、何も阻むものがない夜空を全速で翔ける。

やがて他と比べてひときわ巨大な、火に照らされた建物が眼下に見えた。

空中で《変化》の能力を発動し、別形態を取ったジルは降下した建物の屋根から屋根へと、足音が鳴る前に、目にも止まらぬ速さで疾駆していく。

（……何もなければ、それでいいが）

むしろ、胸に兆す異変が気のせいであればいい。

ジルはひそかにそう願いながら、ミコが使っている部屋の鍵がかかっていない窓を開ける。灯りがついていない室内に立った途端、嫌な違和感に気づかされた。

――寝ているはずのミコがいない。

この間、庭園でセレスティノと一緒にいたミコを見つけたときと同じく、ジルの心臓が激しく跳ねた。けれどあのときと違い、もぬけの殻のベッドにはシワ一つなく、ミコが横になっていた形跡がない。

しかもありえないことに、出入り口の扉が開けっぱなしだった。

（どういうことだ……？）

「ジルさま！　よかった、あなたさまを捜していたんです」

開けっぱなしの扉を睨みつけていたちょうどそのとき、見慣れた金髪――デューイが入ってきた。

デューイは無駄に速い大股でジルに近寄ってくる。

「ミコさま抜きで伝わるとは思いません。ですがそれでもあえてお伝えします」

ジルの目の前で立ち止まったデューイは、背筋を伸ばして怯みもせずジルを見据える。

「――ミコさまのお姿がどこにもありません」

（……声としては認識できるが……）

普通の人間であるデューイが何を喋っているのかなど、ジルに解るはずもない。

ただはっきりしているのは、目の前にいる男の様子の変化だ。

（こいつは、大抵いつも余裕げに笑っている）

たまに仄暗い、多少邪悪なものが垣間見えることもあるが、完璧に貼りつけられた微笑は竜であるジルの前ですらそう易々と崩れない。

そのデューイの顔に現れている、何かを伝えんとする必死の形相。

これほど張りつめた空気で、ジルの正体を知るデューイが訴えてくることなど――ミコ以外のことであるはずがない。

（……そして、部屋の中に姿がないこの状況）

ジルはベッドをすっと指さす。デューイが首を大げさに左右に振ったことで、ジルは直感した。

ミコが消えたのだと。

『……ミコは俺が見つける』

断固とした意志を込めて呟く。

デューイの吠えるような声を背中で聞いて、ジルはもう一度窓の向こうに広がる闇夜へ跳ぶ。

耳を澄ませ、闇の底に沈む音を逃すな。

――ミコの魔力が探知しづらかろうと、知ったことか。

必ず見つける。ジルは挑むようなまなざしで天を仰ぎ、確固とした誓いを心に刻んだ。

――一方で、ジルが飛び出していった窓からデューイは視線を外して、扉へと踵を返す。

「私も、ミコさまを捜さなければ」

あの方に伝わっていますように。信心深くないデューイは柄にもなく、神へ真摯に祈った。

かすみがかかる視界が、徐々にはっきりしてくる。

ミコがいたのは見覚えのない、薄暗い暖色の灯りのついた空間。クッションの置かれたふかふかの絨毯の上に、ミコは横たえられているようだった。

（ここは……）

思考を巡らせようと身を起こすミコの左眼の端に、大きな窓にかかる分厚いカーテンが入り込む。それの記憶はおぼろげに、頭の片隅にあったような気がする。

（……っ、痛……）

響くような鈍い痛みにミコは顔をしかめて、首の後ろに手をやる。触った感じでは、特に腫れたり切れたりしているわけではなさそうだった。

（そうだ、わたし誰かに後ろから襲われて……）

誰か、を思い出そうとした矢先。

「お目覚めですか」

銀髪の美青年――バルダッサーレが、ミコの真正面に置かれた革張りの肘掛け椅子に座ってこちらを見下ろしていた。

彼の後ろには四人の護衛が控えている。ミコの後ろにも一人いた。

「つけられている気配を感じて背後を取ってみれば、あなただったとは――一人で乗り込んでくるとは見かけによらず剛胆だ」

そこで、何かがミコの視界の端でわずかに蠢いた。

「――っ！」

愕然として言葉が出てこない。心臓を削られるような不快な音が耳の中で反響する。

尾行がバレていたなんてことは二の次だ。信じられない光景が幻ではないかとミコは瞬きを繰り返した。が、その光景は霧のように消えてなくなってくれない。

――馬蹄の形をした脚が支える、独特の光沢をたたえたウッドテーブル。

インテリアの一部のように置かれた二つの鳥籠の中にはそれぞれ、捜していたゼフィと、やはり少年姿ではない、キャスパリーグ本来の猫形のルーアがいた。

ジルの予想どおりルーアは躰を縮小されていて、大きさは普通の猫くらいしかない。

「ルーアさま、ゼフィくん⁉」

『『……っ』』

口先を布のようなもので縛られているせいで、ルーアたちの声は口をついて出ない。

おまけに、両者の首には枷のようなものがはめられていた。その側面には石炭のような黒い石と、無色透明の水晶を彷彿とさせる石がついている。

「どうして……！　リオーネ公爵、まさかあなたがふたりを捕らえた犯人なのですか⁉」

「おや？　てっきり、幻獣たちの居所を突きとめて乗り込んできたものと思っていましたが、違うようですね。黙ってついてきたからには、何か私をお疑いだったようですが」

バルダッサーレには何かをごまかさんと慌てる素振りは露ほどもなく、口つきは穏やかそのものだ。

それがかえって不気味で、身の毛がよだつ。

（ここで腹の探り合いをしたって仕方ない！）

当初の目的とは違う上、この予想だにしない展開に頭の整理がつきかねる。

それでもルーアたちの密猟の件において、バルダッサーレが黒であることくらいは把握できた。

「あなたはふたりに何をしたんですか⁉」

「私の願いを叶えてくれる魔道具を手に入れたもので。高くつきましたが、永きにわたる秘めた夢を実現するための手駒をこうして得ることができたので満足です」

――魔道具。

能力の威力を増幅したりする、不思議な力を持つ魔石を用いたもの。

（だからルーアさまたちは自力で脱出できないの？）

どういったものかは不明だけれど、ルーアたちは何かに抗おうとするように、小刻みに躰を震わせている。

「リオーネ公爵、どうして彼らを……あなたは何が狙いなんですか？」

「最終的には王冠を戴き、我が国の版図を広げることです」

「!!　それって戦争になるじゃありませんか！」

「そう驚くことでもないでしょう？　勝機を見て他国を攻め落とし、領土と富を得るのも王の大事な責務。姉上もセレスティノも、そういった野心に乏しいので困りものです」

物騒とは無縁の朗らかさで告げるバルダッサーレに、ミコの本能が警鐘を鳴らす。まるで被食者が捕食者に出くわしたときのように、けたたましく。

ミコは込み上げる嗚咽を喉の奥で押し殺して、バルダッサーレに問いかける。

「……じゃあ、やっぱりあなたがセレスティノさまを……」

「もう少し先の予定でしたが、式典の直前に魔道具と手駒が手に入りましたから」

とりとめのない内緒話でもするかのように、バルダッサーレはなんら悪びれずに説く。

（直前ってことは、やっぱり）

バルダッサーレはどこかで魔道具を入手し、ルーアたちを捕縛して我が物としたのか。

（どうやって言うことをきかせるのかはわからないけど……なんらかの能力なり魔道具なりで従わせることができるなら）

最上位幻獣は、一個師団を味方につけるどころではない戦力になる。

だからバルダッサーレは強硬手段に出ることを辞さなかったのだろう。本当にそんなことが可能であれば、敵対する勢力を制圧することなど造作もないのだから。

「私は自分を慕うセレスティノを疎んじていなかったので、多少は胸が痛みましたが」

「だったらなんでっ……セレスティノさまはあなたの実の甥なのに！」

「――王位の前には、血の繋がりなどさしたる意味を成さないのですよ」

優しげな様相のバルダッサーレだが、そのダークブルーの瞳がすっと冷えた。

セレスティノへの穏やかなあのまなざしが腹の底でとぐろを巻く野心を隠すための演技だったなんて、ミコは心のどこかでまだ信じたくないと思っている。

だってこんなのひどい。叔父に憧憬を抱くセレスティノがあまりに可哀想だ。

「ですがご安心ください。じきに事は終結します――あなたのご協力さえあれば」

「それは、どういう意味ですか？」

「想定ではフクマル殿は解毒の魔法薬の副作用で一週間は動けないはずでした。その間に、あらかたの処理を終わらせておくつもりだったのですが」

バルダッサーレは薄く笑う。

「私の領地内にある海浜保養地で、ゆるりと休養を取っていただけませんか？」

カタがつくまで、黙って王都から離れていろ――バルダッサーレは暗にそう言った。

（言い方は、優しいけど）

厚意なんかじゃない、れっきとした脅迫だ。

受け入れなければどうなるかなんて、駆け引きに疎いミコでも簡単にわかる。

——わたしが、物語に出てくる無双の勇者や聖女だったら。

一人でもこの状況を打破して、ルーアたちやセレスティノを助けられたかもしれない。

そんなどうしようもないことを考えてしまうのが情けなくて、ミコは唇を噛みしめた。

(……わたしは一人だと本当に弱い)

自分でも呆れてしまうくらいに。

つっかえるように息をしながら、恐怖による身震いを止めるので精一杯だ。

——それでも。

「…………です」

絨毯を巻き込んで、ミコは指先を握り込む。

「？　もう一度お願いできますか？」

「嫌です。——嫌に決まっているでしょう！」

自衛の術がない自分がこのあとどうなるかを考えたら、恐くて身体がすくむ。背筋から全身に悪寒が走って、嗚咽が漏れそうになる。

(だけど、ここでわたしは退けない)

正確には少し違う。ミコは退けないいんじゃない、退きたくないのだ。

「励ましてくれた友達が謂われのない疑いをかけられていて、話せてよかったって言ってくれた友達が利用されるのがわかっていて、見過ごせるわけないじゃない‼」

ミコの怒鳴りつけるような声が轟く。

バルダッサーレに視線を据えての、爪弾くような強い拒否だった。

「自分のために別の誰かを笑顔で傷つけるあなたが王になったら、たくさんの人が悲しい思いをする！　そんな人に協力するなんてまっぴらです！」

ミコの痛烈な批判を受けて、バルダッサーレは沈黙する。

耳が切れるような静けさが落ちた数拍後、バルダッサーレは左手で額を押さえた。

「……聖女の名に恥じぬ清廉さと慈愛には感服します。……ですが」

間を置いて、バルダッサーレは低く宣告する。

「聡明とは言えませんね。——ご協力いただけないようで残念なことです」

穏やかさを削ぎ落したような酷薄な笑みをたたえたバルダッサーレが顎をしゃくる。

無言の命を受けて、ミコの後ろにいた護衛が動いた。

いきなり両手を後ろで縛られ、口には布を巻かれてしまう。

「っ！」

「あなたをマーレ王国から出すわけにはいかないので、このまま私の監視下に置かせていただきます。失踪の理由は、年頃のご令嬢らしく駆け落ちあたりが妥当でしょうかね」

脚本でも練るように呟いて、バルダッサーレは腰を上げる。

彼が目配せすると、ミコの後ろにいた護衛がミコを立たせようと腕を掴んだ。

（ルーアさま、ゼフィくん！）

どうにかして、ふたりだけでも助けられないか。ミコは掴まれた腕をよじり抵抗しながら、ルーアたちへ一心に瞳を凝らす。

瞬間。

――ガッシャーン！

けたたましい衝撃音に続いて、黒い影が立ち現れる。

左側の窓を吹き飛ばして乱入したとみられる、冴えた月の光を背負う黒い影が飛び散ったガラスの破片をわずかに踏んだ瞬間――蹴り下ろしたわけでもないのに、その下の床が抉れたように落ち込んだ。

『……本当に、ミコの声は俺の耳によく届くな』

――――うそ。

電光石火の出来事に、ミコは何が起こったのか即座に理解できない。

ただ一つ、黒い影の正体が誰なのか。それだけは顔を確認せずともわかる。

ミコは胸の中で、誰より大切なその名を呼んだ。

（ジルさま……！）

『ミコ、すぐに終わるから少しだけ待っていてくれ』

ミコと視線を絡ませたジルは、安心させるように深紫の瞳に優しい光を灯す。

『──で、俺の女に手を出したお前らは粛正ってことでいいな？』

続いてバルダッサーレたちに吐いたドスの利いた低く冷たい声に、ミコは震え上がった。

『俺の女』の台詞にときめく余裕はない。

呼吸することが躊躇われるほどの、絶望的なまでの威圧感。空気をも切り裂いてしまいそうなほどの殺気をジルは漏出させていた。

──本気で、ジルは怒っている。

（ジルさま、落ち着いて！）

「ふぃふふぁま、おふぃふぃふぇ」

口に巻かれた布が邪魔で、声がちゃんと出せない。

後ろ手に縛られているミコは、布を外そうと口をめいっぱい動かしながら首を左右に振りまくる。

「黒い騎士の登場ですか。──仕方がない、やれ」

バルダッサーレの非情な命令に従い、護衛たちは腰に佩いた長剣をすらりと抜いてジルへと斬りかかる。

ジルは構えることもせず、左肘を少しだけ躰の内側に折り曲げた。

そのままジルは左肘を横へすべらせる。――悠然とした動きによって起こされた強力な突風に圧されて、護衛全員が喚く間もなく真横の壁にめり込んだ。

（一瞬、それも腕の振りだけで！）

壁にしたたかに身体を打ちつけた護衛らは落ちた床に倒れたまま起き上がらない。どうやら、ぶつかったときに昏倒したらしい。

ジルは戦闘不能にした護衛らには目もくれず、捕らわれのルーアたちを一見する。

『あの黒い石、やはり魔力探知を遮る遮蔽石か。どうりでいくら探っても感知できないわけだ……』

「《風魔法》風の槍！」

敵意に染まったまなざしで、バルダッサーレが言霊を口にする。

かざされたバルダッサーレの手からは瞳に映らず、留まることがないはずの冷たい風が瞬時に槍の形を得て顕現した。

標的を貫かんとする鋭い矛はジルめがけて、空間を割るような速さで投擲されるが。

「なんだと……⁉」

攻撃したバルダッサーレが驚愕の叫びを上げる。

なぜなら、バルダッサーレによって創られた鋭い風の槍をジルは回避せず、迎撃せず、投げ刺すように飛んできたそれを左手で握っただけで霧散させてしまったのだ。

（リオーネ公爵は風魔法の使い手って、デューイさん言っていたよね？）

その攻撃をこうも容易く無効化してしまうとは。

ジルが能力の保有数も魔力量も桁違いの、強大な力を持つ竜なのだと改めて実感させられる。

『……この程度の力で、俺に傷を負わせることができるとでも思ったのか』

落ち着き払った物腰で立っているジルの台詞が完全にラスボスである。

（目つきも凶悪だ。どうしようジルさま落ち着いて）

「私の風魔法を、あああっさり……化け物め！」

忌々しそうに吐き捨てたバルダッサーレが、ウッドテーブルへ駆け寄った。

鳥籠の扉を乱暴に開いて、ルーアとゼフィを引っ張り出す。彼らの口元に巻かれた布をひったくるようにして取り去ると、どこか芝居がかった仕草で右腕を振りかざす。

「幻獣よ、その性能を見せてもらおうか！」

バルダッサーレが言い放つと、ルーアの躰は牛よりもさらに大きなものへと変貌する。

白っぽい金色の豊かな被毛に、体長と同じくらいある尻尾がなんとも優美だ。しかし本来の姿は、最上位幻獣として畏怖されるにふさわしい存在感がある。

『ジル殿ごめん！　躰が言うことを聞かない！』

少年姿のときの高い声とは違う、地を這うような低音でルーアががなる。ゼフィも『黒竜さま！』と叫んだ。

ルーアとゼフィは己の意思に反することを表すような苦悶の表情で、ジルめがけて突進する。

『躰を操られているのか……』

ジルはルーアたちから視線を逸らさず、わずかに距離を取った。

「その石がある限り、その者たちは私が念じたままに動く！　逃れる術はない！」

(石って)

ルーアたちの首にはめられた魔道具には、二つの石がついている。黒い方は先ほどジルが、魔力探知を遮るものだと言っていた。

(なら残りの透明な石を壊せば、もしかしたら！)

このことを伝えたくて、ミコはぶんぶん首を振って布を外そうともう一度試みる。

布と肌の間に少し隙間ができた気がしないでもないが、まだ外れない。

『……《縛鎖》』

驕り高ぶるバルダッサーレをうるさそうにひと睨みして、ジルは厳かに言霊を落とす。

するとすぐさま、ジルの右手から環を繋げて連結された金属のような二連の鎖が射出される。甲高く響く鎖は意思があるかのように空間を躍動し、降下せんとするゼフィの躰に巻きついて捕らえた。

鎖で戒められた状態でゼフィは床に落ちる。

『ジル殿！』

鎖の捕縛をそれこそ猫のようにしなやかな動きでかわしたルーアは高く跳躍した。研いだ刃のような鋭い爪を立てて、ジルの喉笛を狙うように跳びかかる。

ジルは残る鎖を消し去り、上空のルーアへと左手を掲げた。

『《火魔法》青 炎』

詞を詠ずるように唱えた刹那、ジルの手のひらから放たれた灼熱の深々とした青い炎がルーアに激しくぶつかる。

幻想的でいて、すべてを灰燼に帰すかのように盛る炎の熱と衝撃で、ルーアの後ろの壁は轟くような爆音とともに吹き飛んだ。

『ごめん……あなたと、戦いたくなんてないのに』

泣き出しそうな声の色をしたルーアは、あの強力な炎を受けても金の毛一本さえ焦げていない状態でジルと対峙する。

ジルは敵意のないまなざしでルーアを見やり、腹を決めたように瞼を伏せる。

『……悪いが、少し痛めつけるぞ』

「やはりキャスパリーグだ、素晴らしい！　この力があれば私は王になれる！」

至高の舞台を鑑賞しているような陶酔の表情を顔に広げるバルダッサーレを、ミコは怒りの表情できっと睨みつけた。

(――止めたい)

このまま戦えば、どちらも無傷ではすまないだろう。

ふたりを守りたいだなんて、だいそれたことをミコは言えないし、言うつもりもない。

でも、黙って何もしないのは嫌だ。

あんな魔道具がなければこんなことにはなっていない。ジルたちが戦う必要なんてどこにもないのに。

(せめて、ジルさまに石のことを伝えられれば)

お願い外れて。ミコは祈るように顔を上向かせてから勢いよく下を向く。

その反動で肌との間に隙間ができかけていた布がゆるみ――ミコの口元からすべるように落ちた。

「ふたりとも、もう争わないで!!」

ミコはあらん限りの止めたい想いを声にのせて、懇願するように強く叫ぶ。

すると、唸り声を上げてジルへと駆けようとしていたルーアの動きが、ぴたりと止まった。ルーアも何が起こったのかわからず驚いたように目を剝いている。

（何かわからないけど、驚くより今は先に！）

「ジルさま、ルーアさまの魔道具についている透明の石を壊してください！」

ミコが懸命に張り上げた声に、ジルは迷うことなく応えた。

風が追いつけないほどの速さでルーアとの間合いを詰めたジルは、首の枷に塡め込まれた透明の石を指先で砕く。

ルーアはまるで糸から解き放たれた操り人形のように、その場に総身を伏せた。

異変が解ける様を見届けたジルは、鎖に巻かれたゼフィの枷の石も同様に粉砕する。

「ばか……な……」

一部始終を目の当たりにし、瞠目するバルダッサーレ。

その美貌から笑みは消え失せ、まるで悪夢にうなされたあとのように顔色が悪い。

「……何かの間違いだ、こんなことが……」

『――黙れ』

ジルは氷以上の冷たさで吐き捨て、呆然とするバルダッサーレの後ろに回り込んだ。

少々乱暴に手刀を首に叩き込むと、バルダッサーレは呻き声の一つも上げず床に倒れる。

すでに意識はないようだった。

『……ジル殿、ありがとう』

『……黒竜さま、ありがとう』

床から躰を起こそうとするルーアとゼフィが、それぞれかすれた声を絞り出して感謝を伝える。

『……今は何も考えず休め』

ルーアたちに労い(ねぎら)の言葉をかけたジルがミコの元へ駆け寄ってきた。

『ミコ！』

「ジルさ――」

みなまで言わせず、ジルが覆いかぶさってくる。

息ができないほどの強い抱擁(ほうよう)。苦しいのに、その苦しささえ嬉(うれ)しくて、ミコもジルの胸に抱き縋(すが)った。

『……どうしてこんなところにいるんだ』

耳朶(じだ)に吹き込まれる低い声。自分とは違う速度で刻まれる心の音。そして、全身に沁(し)みてくる心地よいほのかな体温。

ジルの存在をまざまざと実感していくうちに、ミコの中にあった恐怖が今になって押し寄せてきた。

ぶわっと瞳に涙(なみだ)の膜(まく)が張る。

「庭園でリオーネ公爵の姿を見かけて、セレスティノさまに罪をかぶせた犯人かもって思って、つい……。――っ」

話しているうちに張りつめていた心が弛緩していくミコの眦からは、とうとう涙が流れ出てしまった。喉からは小さな鳴き声もこぼれる。

「……ジルさま、っ、恐かったです」

『よくがんばったな……どこにも怪我はないか？』

ミコの手首を縛る縄を外しながら、ジルが顔を覗き込んでくる。

無表情の中に混じる憂いの濃い気配から、ミコを案じるジルの心情が透けて見えるようだった。

「だ、大丈夫です」

『……よかった』

至近距離で目が合うと、ジルの深紫の瞳に安堵の色が染みる。

「わたしより、ジルさまこそ怪我はないですか？」

『ああ。——ミコのおかげでルーアを傷つけずにすんだ、ありがとう』

ミコの腰を支えていた手で、ジルは深い感謝を伝えるかのようにミコの栗色の髪をそっと撫でる。

大きな手のぬくもりと優しさに気持ちが安らいで、ミコは泣きながらはにかんだ。

（……誰か走ってくる？）

耳をかすめたいくつかの靴音の響きは、どんどんこちらに迫っているようだった。

そして——

「ミコさま！」

「え、デューイさん⁉」

ジルが乱入した際に粉々になり、もはや窓の意味を成していない場所から、灯りを手にしたデューイが入ってくる。

急いで走ってきたのか、息が少し荒い。

「ご無事でよかった。お怪我はありませんか？」

ミコとジルの前に来て、デューイが膝を折る。

「ありません。デューイさんはどうしてここに？」

「いなくなったミコさまを捜していた最中、何やらものすごい轟音が聞こえたので、確認に来たのですが……」

（……たぶん、ジルさまの炎で壁が吹き飛んだ音かな……）

苦い顔になるミコの視線の先にある、煙がくすぶる壁の残骸を確認したデューイは今度、視線を周回させる。

ミコたちが捜していたキャスパリーグたち。そして床に倒れて動かないバルダッサーレと護衛たちを認めたデューイはおもむろに立ち上がった。

「そうですね、状況はなんとなく察しました」

この場にそぐわぬ爽やかな微笑みを浮かべたデューイは優雅な足取りで、バルダッサーレへと歩み寄っていき——

「痛い目には遭われたようなので、ゆっくりお話を聞かせていただきましょうか」

——銀縁眼鏡の奥の瞳は、まったく笑っていなかった。

呼び寄せた近衛兵に昏倒したバルダッサーレと護衛らの身柄を引き渡したのち。

ミコは、バルダッサーレの所業の証拠ともいえるルーアと——本来の姿だったので、周囲は遠巻きに見ながらざわついていた——一緒に、現場でデューイからの聴取を受けた。

終わる頃には空の色が薄明へと変化し始めたので、ミコはジルとルーア、ゼフィと揃ってヴィナの待つ摩訶の森に向かった。

『ヴィナ！』

『！　ルーア！』

煌めく朝の陽ざしが射し込む森の中。

本来の猫形だったルーアと、これからまさしくルーアを捜しに行こうとしていた美女姿のヴィナはお互いの姿を瞳に映すと同時に駆け出す。

走りながらルーアも少年姿となり、根元に白い小さな花が咲く大きな樹の前でふたりは抱擁を交わした。

『ああ、ルーア、無事でよかった！　怪我はない？』

『うん。僕が油断したばっかりに、ヴィナに心配をかけてしまってごめんね』

『あなたが無事に戻ってきたならそれでいいの。本当によかった』

再会を喜ぶ絶世の美女と天使のごとき美少年の抱擁がえらく熱っぽい。

番なので無問題なのだけれども。艶やかなお姉さんと無垢な少年という絵面から放たれるちょっと危険な香りのせいか、いけないものを見ているような気がして、ミコはどぎまぎしてしまった。

『ミコ、顔が赤くないか……？』

「いえあの、ヴィナさまとルーアさまの抱擁が熱烈なもので」

隣のジルがぼそりと呟く。

『あいつらお互いのことしか見ていないからな。……あれを見ればわかるだろう？』

ジルが顎をしゃくった先にいるヴィナとルーアは、見つめ合ったまま絡まるようにして抱き合っていた。

邪魔をしたらキャスパリーグに蹴られ死んでしまうと感じさせるくらいの、完璧なふたりの世界だ。あらゆるものを遮断する《防盾》よりも空間が隔絶されている気さえする。

「あんなに仲睦まじいおふたりが、どんな理由で喧嘩なんてしたんでしょう？」

『これがまためちゃくちゃくだらねー理由なのよ』

突然、下から呆れるような声が上がってきた。

ルーアの肩にとまっていたはずのゼフィが、いつの間にかミコの足元にいたのだ。

（野生の勘であの空間から脱出したのかな？）

『ミコと王都で初めて会った日の何日か前だっけか？　ヴィナさまが森で最近生まれたオスの子幻獣の毛繕いしているとこをルーさまが見ちゃって、『ヴィナは僕のものなのに』ってむくれたわけ。で、そっから言い合いになってさ。そのまま大人げなく意地はって～みたいな流れ』

「……え、っと。それってつまり……？」

『痴話喧嘩ってやつじゃねえの？』

ミコは本当かと目でジルに問いかける。ジルは首を縦に振って、ゼフィの話を肯定した。

『そのせいで、俺はヴィナの愚痴という名の惚気につき合わされたんだ……』

ジルのぼやく声には、うんざり感がこれでもかと浮き出ていた。

なんというか、事情を知らずにジルとヴィナのことで不安になってしまったことに対して、今さらながら良心がちくちくと痛む。

（……最上位幻獣なのに）

喧嘩のあまりに平和な内容に、ミコは脱力しそうになった。

と言ってもミコたちも大差ない事柄が起こりそうだった手前、面と向かってつっこむことはできないのだけれど。

「でも、みんなが無事に再会できてよかった」

『……ミコ、ルーさまを助けてくれてありがとな』

（あれ？）

いつになく真面目な声音のゼフィが、からかい交じりの『ちんまり』ではなく『ミコ』と名前で呼んでいることに気がついた。

突然の変化にミコは目をぱちくりさせる。

「ゼフィくん、いつの間にわたしのこと『ミコ』って呼ぶようになったの？」

『助けてくれた奴をふざけた渾名で呼び続けるほど、おれも恩知らずじゃねえよ……』

語末にかけて窄んでいくゼフィの言からは、ミコへの感謝が汲み取れる。

やんちゃで小憎らしいが性分のゼフィは照れくさいのか、そっぽを向く。素直ではないながらも精一杯気持ちを伝えてくれているのが微笑ましくて、ミコの心はあたたまる。

「恩になんて感じなくていいのに。困っている友達を助けるのは当たり前なんだから」

『そんなわけにいくかよ。――寝てるルーさまがあの人間たちに魔道具はめられて、躰も小さくされちまってさ。助けようとしたけどおれも捕まって、自分で躰を動かせなくてどうしようもなかった。あのままだったらと思うとまじでぞっとする』

『ゼフィの言うとおりだ』

身を震わせるゼフィの言に、ふたりの世界から戻ってきたルーアが同意する。

その手には、ヴィナの手がしっかりと握られていた。

『ジル殿と対峙したとき、ミコの声でなぜか躰の動きを止められたんだ。あれがなかったら、たぶん僕は無事ではすまなかった。ありがとう、ミコ』

──人間の身勝手で、個の尊厳を無視したひどい目に遭わされてしまったのに。

(嫌悪しても、恨みを抱いても無理はない)

今回の件で人間に友好的だったルーアたちが、人間を敵視するようになるのではないか。

そんな危惧がミコの心の底には少なからずあった。

だけどルーアは出逢ったときと同じ笑顔で、人間のミコに接してくれる。ありがとうとさえ言ってくれる。

ルーアの情の深さに、ミコは感極まりそうになった。

「っ、ごめんなさい、ルーアさまたちを、人間の勝手で利用しようとして」

『あはは、どうしてミコが謝るの?』

ルーアが空いている方の手で、ミコの頭を軽くぽんぽんと叩く。

ジルの手とは大きさも硬さも全然違うのに、その優しさはどこか似ている気がした。

『大丈夫だよ。僕は利己的な人間ばかりじゃないって知っているし、……友達と言ってくれるミコがいるから、人間を恨んだりしないよ』

慈愛と親しみのこもったルーアの思いやりがミコの心をくるむ。胸にあたたかさがゆるやかに満ちて、泣きそうになってしまった。

『ミコは心を痛めないで、笑っていて。その方が僕も嬉しいから』

しんみりした空気を散らすように、ルーアがことさらほのぼのとした笑顔を覗かせる。

『そうそう、ミコは能天気な顔のが似合うって』

『……ゼフィ、それは褒めているのか？』

『最高の褒め言葉じゃん、黒竜さま！』

『ごめんねジル殿、ゼフィの褒め言葉の語彙をもうちょっと増やしておくから』

ゼフィとジル、ルーアの和やかな会話に妙にほっこりしていたら、ふいに肩をトントンと叩かれた。

白くて細いこの指先は――

「ヴィナさま？」

『ミコ、ルーアたちを助けてくれてありがとう』

しかつめらしく感謝の気持ちを伝えてくれた矢先。ヴィナは女神のように華麗で魅力的な笑顔で、ミコへ意味深に片方の目を瞑ってみせる。

『あと、ジルを借りちゃってごめんなさいね』

「い、いえそんな！」

ミコの嫉妬から生じたあれやこれをヴィナは感知していないはずだが、輝く金色の瞳には全部見透かされているのではないかと、ミコは落ち着かなくなった。

（こ、心を読む能力とかないよね⁉）

『ジルはあなたに首ったけよ。大変でしょうけどがんばってね』

ヴィナは楽しげに耳打ちして、ミコの赤らんだほっぺをジルにしたようにつつく。

『やだ、すべすべでやわらか〜い』と、ヴィナに至極楽しそうに指先でつんつんされて、ミコはなんとも言えない気持ちになった。

どうやらヴィナのそれは、性別関係なく親しくなった者に行われているようだ。

（お似合いだからって、不安になって嫉妬した自分が恥ずかしい）

過去を遡れるのなら、ヴィナと出逢う直前の自分に何も不安にならなくていいと、相手は懐っこいだけでラブラブの番持ちだと教えてあげたい。

頭を両手で掴んで絶賛苦悶中のミコに首を傾げながら、ヴィナは言う。

『ミコは近いうちにジルのいる国に帰るんでしょ？　またこの国に来たときは、いつでも遊びに来て。ルーアとゼフィと一緒に、楽しみに待っているから』

それが本心からのものであるように、ミコを見つめる金の双眸はとてもあたたかい色をしていた。

　ヴィナの台詞が聞こえていたようで、ルーアたちも目を細めてうなずいていた。

　親愛のこもった言葉と視線から、受け入れられているのだと感じる。『また』と再会を望んでくれることへの歓喜で胸がいっぱいになった。

（……本当に、助けられてよかった）

　ルーアとヴィナ、そしてゼフィ。彼らがまたこうして笑いながら集うことができてよかったと、ミコは心の底から思う。

「ありがとうございます、ヴィナさま、ルーアさま、ゼフィくん！」

　新しい友達との明るい約束に、ミコは弾けるような笑顔を返した。

　捕らわれたルーアたちが王城で発見されてから数日後。バルダッサーレの起こした事件の全容が解ってきた。
　虎視眈々と王位を狙うバルダッサーレは、政敵に対抗する兵力を欲していた。
　そんなとき視察で訪れたとある街の裏競売で、例の魔道具を入手したのだという。
　人間よりも優れた力を持つ幻獣を捕獲するため出張名目で摩訶の森へ出向き、ヴィナを待つ間にまどろんでいたルーアとゼフィに魔道具をはめた。そして巨大なルーアを自身が持つ《縮小化》の能力で縮小。その能力と、魔石に付与された能力を同時に発動させ続けるため、魔力を常に流動させていた疲労から顔色が悪かった、ということらしい。

——だが、ミコが捕らえた幻獣のことをかぎ回ると計画に支障をきたす恐れがある。

そこでセレスティノを陥れるのと一緒に、ミコを行動不能にするため毒を盛ったのだ。

「このたびはご迷惑をおかけして、誠に申し訳ありませんでした」

セレスティノは申し訳なさそうに謝罪する。

バルダッサーレの所業が公にされたことで、セレスティノの嫌疑は無事に晴れた。

自室軟禁を解かれたセレスティノはこれから帰国するミコたちの見送りに来てくれているのだが、謝罪を述べた回数はもう何度目かわからない。

「セレスティノさま、謝罪はもう十分していただいています」

気に病まないようにという配慮を込めて、ミコは口の端をゆるめた。それでもセレスティノの表情は冴えない。

ちなみに、護衛役であるジルはミコの後方で今日も今日とて無表情で、隣に並ぶデューイは微笑を浮かべてミコたちを見守っている。

「……ですが、ミコは毒を……」

「その件については、キャスパリーグさまたちと魔道具のことについて箝口令を敷いていただく代わりに、不問に付すことになったじゃありませんか」

ルーアたちのことは幸いにも目撃者がそれほどいなかったこともあり、捕らわれていた旨(むね)を秘匿(ひとく)するようミコは申し出たのだ。無論、デューイの許可は得ている。

(魔道具を使って最上位幻獣を手中に収めたなんてことが知られたら、変な気を起こすひとが出てきてもおかしくないし)

ミコとしては、密猟などという外道(げどう)の所業はしっかり断罪していただきたいところだ。けれど、背に腹は代えられない。

「そうでしたね。幻獣の件についても、重ねて申し訳なく思っています」

バルダッサーレがルーアたちを捕らえていた件についての謝罪も、同じく何度目かである。

「ミコがいなければ、怒り狂(くる)ったキャスパリーグの報復があってもおかしくなかったかもしれません」

「そんなことはないと思いますよ。キャスパリーグさまたちは優しいですから」

ルーアにもしものことがあれば、ヴィナは怒りの化身(けしん)となっていたかもしれないけれど。そのことをセレスティノにわざわざ言う必要はないだろう。

「今回のことで人間を恨んだりしないって、彼らは言っていました」

「それはおそらく、ミコが懸命に動いたことが大きいかと。責任感だけではない、友を心配するその真心が幻獣たちに伝わったのだと思いますよ」

さすが獣使いの聖女ですね。セレスティノからの惜しげもない賛辞に、ミコは背中がこそばゆくなる。

「なお、今回使用された魔道具は未確認のものだったようなので、出所は調べてみるつもりです」

――ジルが粉砕した、透明の魔石。

バルダッサーレの供述によると、あの透明の魔石は能力効果を蓄積する性質を持つ代物だったそうだ。そしてそれには、魔力を流動させた状態で念じることで、対象を操作できる能力が付与されていたのだとか。

(物騒な使い方がいくらでもできそうなものを野放しにしておくのは危ないもんね)

今回は幻獣が標的だったが、人間相手に使われることだって考えられる。

何にしてもルーアたちのことを思い浮かべると、また、を想像するのが恐い。

ふわふわのルーアといえどもさすがに二度目はないと思うが、このことは明るみに出さず、こっそり調べていただくのがいいだろう。

彼らには幸せに、ときにくだらないことで喧嘩したりして、平和に過ごしてほしいから。

「キャスパリーグさまたちが、これからも変わらず気ままに暮らしていくのがわたしの願いです。わたしの希望を受け入れていただいて、ありがとうございました」

「お礼を言うのは私の方です。ミコのおかげで私は廃嫡を免れました」

「……セレスティノさま、大丈夫ですか？」

尊敬していた実の叔父が自分を貶めようとした犯人だったのだ。

まだ刑については審議中とのことだが、王籍の剝奪と厳罰は免れないという。

心優しいセレスティノの心情を慮るミコに、セレスティノは微笑みかける。

「叔父上のことに衝撃を受けなかったとは言えませんが」

一拍置いて、セレスティノは断言する。

「私は王太子です。どんなに打ちひしがれても、決して進むことはやめません」

セレスティノの琥珀色の瞳は穏やかだが、その奥には揺らがぬ芯の強さがある。

凡庸だと、少なからずの負い目や悔しさを抱いて。ときには立ち尽くしても、それでも不退転を貫いてきたセレスティノだ。

傷ついていないはずはないから、今の言葉にいささかの強がりはあるのかもしれない。

でも彼ならば大丈夫だと、疑うことなく信じられる。

「――セレスティノさまを信じて動く人はたくさんいます」

親交があったデューイはもちろんのこと、初対面だったミコでさえ、セレスティノの無実を疑うことなく信じられたのだ。

ともに過ごす時間が長ければ長いほど、その努力を重ねるひたむきさと誠実な心を信じ、力になりたいと願うだろう。

ミコは笑みを深めて、セレスティノをまっすぐに臨む。

「だからきっと、アンセルムさまに負けないくらい良い王さまになりますよ！」

「……っ……」

衒いのないミコの応援を受けたセレスティノが唇を食い締める。

「――ありがとう、ミコ。そのひとひらの言葉、この胸に刻ませていただきます」

セレスティノは神の啓示を賜ったかのように格調高く告げて、それから少年らしい無邪気な表情で笑った。

「ミコに会えてよかった。いつでもこの国に遊びに来てくださいね、歓迎します」

「ありがとうございます、セレスティノさま。わたしでよかったら話を聞きますから、いつでも連絡してください」

「そう言ってもらえると私も嬉しいです。またミコに会いに行きますね」

「楽しみにしています！　今度はわたしがセレスティノさまを案内しますから！」

友情以外の不純物のない約束を笑顔で交わすミコたちの後ろで、「ミコさまはやはり生き物たらしのきらいがあるようで」『……ミコは自覚していないから質が悪いな』と、デューイとジルが、意思疎通が取れているかのような独白をこぼしていた。

もちろん、ミコは知らない。

終章　神さまのお気に入り？

怒涛のマーレ王国の訪問を終えて、ミコは馬車でおよそ十日かけてアルビレイト王国へ帰ってきた。

帰還の報告で王都に一泊し、そこからまた馬車で三日かけてブランスターの街に戻る。

帰宅した翌朝、ミコはリュックにお土産をつめ込んで、太古の森へと向かった。

『ミコっ！』

森の入り口付近、木漏れ日が射す木立の向こうからソラが走り寄ってきた。

ソラはミコの前に来ると『《きょだいか》』と能力を発動させて、肢体を迫力のある熊ほどに巨大化させる。

「久しぶりだねソラくん！　元気だった？」

『うん、ボクげんきなの！』

嬉しそうに尻尾を振るでっかいもふもふ可愛い。

「お土産たくさん買ってきたから、あとで食べようね」

『わあい！』

喜ぶソラに襟元をくわえられたミコは、ひょいと背中にのせられる。

毛並みの手触りが極上の銀毛を摑むと、ソラはいつもよりゆったりとした速度でジルの待つ緑のねぐらへと駆けた。

『あるじ、ミコをつれてきたの！』

『……ご苦労だったなソラ』

ねぐらのシンボル的大樹に、ジルは別形態の美丈夫姿でもたれかかっていた。

マーレ王国から王都までは一緒に帰ってきたのだが、ひと月近く太古の森を不在にしていたこともあり、ジルには一足先に帰ってもらっていたのだ。

「ただいまです、ジルさま」

『……おかえり』

ジルは硬い手のひらでミコの頬を包む。肌の感触を堪能するようなジルの指先の艶っぽさにどきりとして、ミコは脈を跳ね上げた。

(わたしはいつになったら、ジルさまからのスキンシップに慣れるのかな)

「ジルさま、太古の森に変わりはありませんでしたか？」

『ああ。ソラや同胞たちのおかげでな』

『ボク、いいこでおるすばんできたの！』

躰を大型犬サイズに戻したソラが、褒めてといわんばかりに見上げてくる。ミコは「すごいね」とソラの頭を撫でた。

「じゃあそんないい子なソラくんには、たくさんお土産があります！」

『なになにっ？』とはしゃぐソラの前に、ミコはリュックから取り出したマーレ王国土産のいろんな形の焼き菓子を並べる。もちろん、ジルのぶんもあるので手渡した。

包装を破ったそれを、ソラはおいしそうにぺろりと平らげる。

『おいしかったの！　ミコ、ごちそうさまなの』

「おそまつさまでした」

満足そうに尻尾をぱたぱたさせて腹ばいになるソラの毛並みを、ミコは梳くようにして撫でる。

しばらくそうしていると、満腹とマッサージで気持ちよくなったのか、ソラは寝息を立て始めてしまった。

「ソラくん、寝ちゃったみたいです」

ミコは小声で言いながら、少し離れた大樹の根元に座ってミコたちの様子を眺めるジルの隣に腰を下ろした。

マーレ王国よりもずいぶん涼しい空気を、ミコは鼻から吸い込む。

「はー……なんだか落ち着きます」

『ん？　どうしたんだ？』

「太古の森の清々しい空気がなんだか久しぶりな気がするので。……あと、マーレ王国の滞在がめまぐるしかったのもあるんですけど」

ミコの脳裏に、十日間の滞在のものとは思えない出来事が呼び覚まされる。

（こうしてあとから思い返すと、濃密すぎる思い出かも）

ヴィナへの嫉妬に、ルーアとゼフィの行方不明に人生初の毒体験からバルダッサーレの陰謀まで……もうお腹いっぱいです。

「逆に十日そこらで、よくぞあそこまでいろいろ起こったなと今となっては思います」

『……たしかにな』

呟くなり、ジルは隣に座るミコを軽々と膝の上にのせてしまった。

横抱きされている体勢なので、急にジルとの距離が近くなったミコは頬を真っ赤に染めてしまう。

「ジ、ジルさま何をしてっ」

『……あれだけのことがあったんだ、ミコは疲れているだろう』

「だからってどうしてこの体勢に⁉」

『俺の胸にもたれている方が楽じゃないか……？』

声が本気！

ジルはどうやら純粋に、ミコの身体について気を遣ってくれているようだ。

それはありがたいのだが、伝わってくる硬い筋肉の質感に意識がいってしまって、精神はまったく休まらない。

『……ミコ、こっちを向け』

無意識に下向けていた視線を戻すと、ジルの手には先ほどミコがお土産として渡した一口サイズのクッキーが。

彼が何をしようとしているのか――鈍いミコにもさすがに察しはつく。

『ミコは甘いものが好きだろう……？』

「じっ、自分で食べられます！」

『いいから口を開けろ。……それとも口移しがいいか？』

「〇×□△⁉」

過激な発言に口をぱくぱくさせるミコに、端正な顔が待ったなしで迫ってくる。

このままじゃ……！　観念したミコは顔面をもっと紅潮させて口を開けた。

『……うまいか？』

あーんされた恥ずかしさのせいで、味がまったくわからない。

とは言えないので、ミコはクッキーを咀嚼して飲み込み、コクコクとうなずいておいた。

その間にも身じろぎして膝の上からの脱出を試みるが、あえなくジルに元の位置に戻される。

『……やっと落ち着いたな』

幸せそうに栗色の髪を指で梳くジルに、ミコを膝から下ろす気配は見受けられない。

どうやらミコは顔を火照らせて、この嬉し恥ずかしの体勢に耐えるしかなさそうだ。

『そういえばミコ、副作用とやらは今も出ていないのか……？』

「それは大丈夫です」

毒を盛られた際に服用した解毒の魔法薬だが、ミコは副作用が結局現れずじまいだ。

「体質でしょうかね。おかげで、ルーアさまたちを見つけることができましたけど」

『……毒を盛った挙句にミコが副作用で苦しむようなら、あの銀髪の命はなかったな』

ジルの声が恐いくらい冷え冷えとしている。これはまずい。

「えーと、そうだ！　訊きたかったんですけど、ジルさまはわたしの居場所をどうやって見つけたんですか？」

思い出し怒りを中断させなければと、ミコは話題を違うものに切り換えた。

「例の、魔力探知ってやつですか？　街で迷子になったときも、もしかしてそれで？」

『違う。……声が、聞こえたんだ』

「声？」

首を傾げるミコに、ジルは静かに語る。

『街で俺の名を呼んだときのように、ミコがルーアたちを見過ごせないといったことを口にする声が聞こえた気がして……その声が流れてきた先を追ったんだ』

「……わたしの、声が……」

ジルからの告白によって、ミコは胸の底でわだかまっていた異変の片鱗をはたと思い出してしまう。

（あのとき、「争わないで」ってわたしが叫んだ直後にルーアさまは動きを止めた）

あとから聞いた話だが、そのときはジルも一瞬、動きを止めたとのことだった。

「……なんなんだろう、この力」

ミコは弱々しくひとりごちる。

はっきりとはしていなかったが、異変はこれが初めてではない。

――太古の森で興奮していた馬が、ミコの叫びを受けるなり鎮まった。

――マーレ王国で聞き込みをしているときは、飛び立とうとした小鳥がその場に留まった。

（偶然、じゃないよね）

鑑定されたとき、能力は《異類通訳》だけと言われた。

保有しているそれですら、無詠唱という規格外の代物で使っている感覚がない。だから異変をもたらす力がどうやって生じているのかもわからないのだ。

自分のことなのに、答えが煙に巻かれているように見えない。

そのことが、言い知れぬ不安となってミコの心を曇らせる。

「わからないからどうしようもないんですけど……やっぱり気になっちゃいます」

『大丈夫だ、俺がいる』

ミコへと向けられたジルの声色は、曇りを払うかのような気迫のこもった、厳かなもの。

『その力がどういったものなのか、俺にもわからない。だが、何があっても俺がミコを助けてやる。……だから恐がらずに隣で笑っていろ』

──本当に、ジルさまは。

ミコの不安や迷いを受け止めることをなんら厭わない。いつだって、月のように静かな優しさでミコの心を軽くしてくれる。たくさんの愛情を注いでくれる。

ミコの胸は募るジルへの愛おしさでいっぱいになった。

「……ありがとうございます、ジルさま」

ジルの言葉を大切に噛みしめるミコを、ジルはくるむようにそっと抱きしめた。

『もしかしたら……ミコは創造神から特別な祝福でも受けているのかもな』

「神さまから？　どうしてジルさまはそう思うんですか？」

『ミコは異世界から召喚された聖女だ、神のお気に入りだとしてもおかしくない』

『それなら、チートなスペックを与えられているジルさまの方がよっぽど……」

そこで、ふいに頭上に影がかかり、ジルが上体を屈めているのを両目に捉えた。

交わる視線の近さにミコが心臓を派手に脈打たせている間に、ジルが前髪を優しくかき上げて――額についばむような口づけを落とした。

息をするのも忘れていたミコだが、ぬくい感触が離れた途端に全身の血が一滴残らず沸騰した。どこもかしこも熱くて、胸の高鳴りで鼓膜が破れそうになる。

『……まあ神以上に俺はミコを気に入っているし、好きだけどな』

甘く囁いて、耳朶をゆっくりとくすぐられる。背中がぞわっと粟立つミコは痺れたように動けなくなった。

『ミコを助けるのも愛でるのも俺の特権だ。神にも誰にもくれてやらない』

「無表情のままなんの決意表明ですか!?」

『ただの宣戦布告だ。……神だろうと釘を刺しておかないとな?』

神をも恐れぬ不敵なジルの台詞にぽかんとしている間に、ジルの腕が一段とミコに絡む。

羞恥が募って仕方ないのに、ジルの体温や香りを感じて安心している自分がいる。

放してほしいような、放してほしくないような。不思議で熱い、幸せな気持ちだ。

「き、気持ちは嬉しいんですけど。ええと、愛でるのはほどほどでお願いします……」

『……手加減しているだろう』

(これで手加減しているの!?)

ジルがその愛情と色気を本気で解放したら、自分はどうなってしまうのだろうか。ただでさえ日々、心臓を酷使しているというのに……。

身に余る愛情の代償に、寿命が削られているのではとミコは冗談抜きで考えた。

(……きっと、大丈夫)

正体のわからない力への不安が消えたわけじゃない。

それでもジルが隣にいてくれれば、ミコは何も恐れず前を向いて全力でがんばれる。

だから大切にしてくれるジルの隣にいるのは自分でありたい。

そのためには大切にされるばかりじゃなく、ミコも彼を大切にして、助けたいと願う。

「ジルさま、デューイさんから異類通訳の案件をもらって帰ってきたんです。なんでも、火を操る大きなトカゲ? の幻獣二匹が争っているとか」

『それはサラマンダーだな。大方、縄張り争いでもしているんだろう……』

「なら仲裁に行かないとですね！」

意気込むミコを止めることはできないと承知しているジルは、かすかに肩をすくめた。

『……ミコ』

先に立ち上がったジルが大きな手を差し伸べる。

ミコがはにかみながらその手に自分の手を重ねると、ジルは宝物に触れるように優しく、ミコを立たせてくれた。

『サラマンダーは攻撃的だ、俺から絶対に離れるなよ』

「わかりました！　助けてもらってばかりでなんですが、わたしもジルさまを支えられるように、自分にできることをめいっぱいがんばりますからね！」

『……ミコはこれ以上がんばらなくていい』

「ひとの決意をしみじみと一刀両断しないでください！」

ジルの反応が釈然とせずに、ミコは頬を膨らませた。

——そのすぐあと、お互いの顔を見ながら笑い合うふたりの声が、太古の森に小さくこだまするのだった。

END

あとがき

こんにちは。もしくははじめまして、かわせ秋です。

この度は「お試しで喚ばれた聖女なのに最強竜に気に入られてしまいました。２」をお手にとっていただき、本当にありがとうございます！　お読みいただいた皆様のおかげで、こうして二巻を出していただくことができました。

続きのお話をいただいたときはたまげましたが、それ以上にとても嬉しかったです！

職場までは車通勤で、道中の車内で続編の内容をぶつぶつと呟いていました。そのときのドライブレコーダーには私がずっとひとりで喋り続けている、傍からは「大丈夫？　なんか疲れてる？」と心配されそうな状況の音声が記録されていたと思います……。

といった裏話はさておきまして。

お試し聖女と最強竜の異類ラブコメである本作の舞台は、ちょっぴり旅行気分でアルビレイト王国を飛び出し、お隣の南の王国となりました。

新たな人物＆幻獣も登場し、賑やかなお話になったかなと。個人的には賢くておちゃめで、作中の誰よりも精神年齢が大人な気がして仕方がないセレスティノがお気に入りです。

あとはデューイの黒さを出せて楽しかったです。好青年のイメージが壊れた！　と落胆させてしまっていたら本当に申し訳ありません。ですが私の中でデューイのキャッチフレーズは当初から「眼鏡（ときどき黒）紳士」だったので、ご容赦くださいませ。

そしてジルのミコへの過保護ぶりと甘さの爆上がりにより、ラブ大増量となりました。もっとクールで大人だったはずなのに、どうしたことか……と執筆中に慌てる場面もありましたが、一人だけに一途に執着しているからよしとしよう！　私は胸やけするくらい甘ったるい溺愛が大好物！　と開き直った結果、密着度がえらいことになりました。四方からつっこみが聞こえてきそうですが、少しでも楽しんでいただければ幸いです。

ここからは、本作を刊行するにあたって、お世話になった方々にお礼を申し上げます。

お忙しい中、前作に続いてイラストを担当くださった三月リヒト先生。いただいたカバーイラストがあまりにも素晴らしくて、気づいたら無言のまま見つめること十五分経過していました。魂ごと吸い込まれるような素敵なイラストを描いていただき、本当にありがとうございます！

担当様。いつも明るく優しい担当様と話していると元気が出ます。とっちらかり気味な話も的確なご指導のおかげで軌道修正できました。感謝の気持ちでいっぱいです、ありがとうございます！

編集部の皆様、校正様やデザイナー様など本作に関わってくださった多くの皆様。応援し支えてくれた家族には、心より御礼申し上げます。

そして最後に。この作品をお手にとって、こんなところまで読んでくださった皆様に、最大限の感謝を申し上げます！

頭をからっぽにしたいときなど、気軽に楽しんでいただければ嬉しいです。

願わくば、また次の作品でお目にかかれますように。

本当に、ありがとうございました。

かわせ　秋

■ご意見、ご感想をお寄せください。
《ファンレターの宛先》
〒102-8177 東京都千代田区富士見 2-13-3
株式会社KADOKAWA ビーズログ文庫編集部
かわせ秋 先生・三月リヒト 先生

●お問い合わせ
https://www.kadokawa.co.jp/(「お問い合わせ」へお進みください)
※内容によっては、お答えできない場合があります。
※サポートは日本国内のみとさせていただきます。
※Japanese text only

お試しで喚(よ)ばれた聖女(せいじょ)なのに最強竜(さいきょうりゅう)に気(き)に入(い)られてしまいました。2

かわせ秋(あき)

2022年2月15日 初版発行

発行者　青柳昌行
発行　株式会社 KADOKAWA
〒102-8177 東京都千代田区富士見 2-13-3
(ナビダイヤル) 0570-002-301
デザイン　島田絵里子
印刷所　凸版印刷株式会社
製本所　凸版印刷株式会社

ISBN978-4-04-736922-1 C0193

定価はカバーに表示してあります。

◇◇◇